歌声像鲜花般绽放

梁育民 ◎ 著

广东高等教育出版社
Guangdong Higher Education Press
·广州·

图书在版编目(CIP)数据

歌声像鲜花般绽放. 梁育民著. —广州:广东高等教育出版社,2018.11

ISBN 978-7-5361-6277-8

Ⅰ.①歌… Ⅱ.①梁… Ⅲ.①诗集-中国-现代 Ⅳ.①I227

中国版本图书馆 CIP 数据核字(2018)第 203030 号

出版发行	广东高等教育出版社
	地址:广州市天河区林和西横路
	邮政编码:510500 电话:(020)87553335
	http://www.gdgjs.com.cn
印 刷	广州市穗彩印务有限公司
开 本	890 毫米×1 240 毫米 1/32
印 张	11
字 数	206 千
版 次	2018 年 11 月第 1 版
印 次	2018 年 11 月第 1 次印刷
定 价	39.00 元

个 人 简 历

梁育民，男，祖籍福建南安。1985年7月毕业于中国科技大学，获理学学士学位。1991年7月毕业于广东省社会科学院，获经济学硕士学位。现担任广东省社会科学院研究员、国经所副所长及港澳台中心副主任。公开发表论文与其他文章过百篇，出版专著十多部，完成调研报告几十份。内容涉及区域经济、国际经济、股份经济、企业管理、博弈  理论、文化与经济、易经和经营，以及经济社会发展战略研究等方面。曾获第四届中国图书奖、广东省第一届精品图书奖、广东省第一届优秀社科成果一等奖和广东省第三届优秀社科成果二等奖、澳门首届社科成果三等奖、梅州市首届优秀社科成果一等奖等。

曾在《粤港信息日报》、香港《大公报》开设专栏，共发表杂文与评论文章约50篇。有多篇现代诗分别被《文学世纪》《诗界二〇〇〇年》《情之永远》《诗文选刊》《雅剑诗刊》《当代国学精英大辞典》《中国现代文学诗歌作品集》等采用发表。

前　言

本诗集是作者在长达几十年的日子里，通过对自然与社会生活的观察与思考，而陆陆续续写下的诗歌集子。诗集的主题是记录中国改革开放的历史进程，讴歌我国改革开放40年来所取得的巨大的历史成就。书名《歌声像鲜花般绽放》取自一句歌词，来自中央电视台《远方的家·边疆行》第42集"米林深呼吸"中珞巴族的一首民歌。笔者在此用来比喻改革开放40年里，我国各族人民高歌猛进，克服各种困难，将原本"一穷二白"的祖国建设成为世界第二经济大国，取得举世瞩目的发展成就，各行各业、各领域捷报频传，正如各色鲜花般竞相开放。

笔者非常喜欢这首珞巴族民歌，特此录下歌词与读者共享："我们家乡的月亮冉冉升起时，云中珞巴神秘又美丽，寨子里的人们围坐在火塘边，古老阿布达尼的传说越来越动听，今天我们欢聚在这吉祥的日子里，歌声像花儿一样一起绽放。"

本诗集共包括8个分集。其中，《山花集》描绘与大山、乡村有关的内容，《校园集》描绘跟校园有关的内容，《都市集》描绘和城市、都市相关的内容，《玫瑰集》以爱情作为主题，《宝剑集》思考当代社会的哲理问题，《远方集》和《异域集》都与中央电视台的专栏节目《远方的家》相关，可算是笔者收看该电视栏目的观后感，前者主要描写国内风景及经济社会的进步场景，后者主要描绘外国景物和异域风情。

  《双龙集》的名称来自"双龙钞",这是为庆祝公元 2000 年之降临,中国人民银行向全社会公开发行的纪念钞。它从 200 元的原始面值,一路飙升到将近 20 000 元的市场价格,在十几年的时间里上升近 100 倍,堪称我国纪念钞的经典作品。因此,《双龙集》描绘新千年的新事物,寄望我们国家的经济社会也能像双龙钞的价格那样,蒸蒸日上、欣欣向荣!

梁育民于广州
2017 年 8 月底

目 录

山花集

- 003 – 题记
- 004 – 大地交响曲
- 007 – 回乡散记
- 010 – 银屏奇花颂
- 011 – 春天的风
- 013 – 天柱山情思
- 015 – 山乡风雨图
- 016 – 小镇风情
- 017 – 骑车奔跑在故乡大道上
- 019 – 春天来了
- 021 – 雨夜
- 023 – 春雨潇潇的季节
- 024 – 时空怪圈

025 - 年轮

027 - 云南中部记游

校园集

033 - 题记

034 - 荷塘偶得

036 - 晨曲

037 - 校园小夜曲

039 - 校园秋别

041 - 校园冬景

043 - 冬夜

044 - 明月总当头

046 - 别情两首

050 - 校园之歌

052 - 校园之梦

054 - 校园变奏曲

056 - 秋天的雷声

057 - 春殇

都市集

061 - 题记

063 - 短章

064 - 他乡之夜

065 - 都市即景

067 - 初雪

069 – 自画像

071 – 都市夜思

073 – 黄梅天

075 – 都市协奏曲

077 – 古城之行

079 – 客车梦幻曲

083 – 沉默者之对话

085 – 莲花颂

玫瑰集

089 – 题记

091 – 爱——《血凝》观后感

092 – 今宵酒醒何处

094 – 习作

095 – 重逢情

097 – 五月的风雨

098 – 歌谣

099 – 暴风雨

102 – 夜

103 – 西湖般的眼睛

105 – 梦儿太深

106 – 失

108 – 微风

110 – 假如

112 – 蔷薇花

113 - 秋夜

114 - 还是

宝剑集

117 - 题记

119 - 南京地质实习散记

121 - 国庆首都群众游行观感

123 - 帆船

124 - 别……

126 - 哦,我真的不知道

128 - 照片

130 - 题陆凤仪像

131 - 选择

133 - 彷徨

135 - 心

136 - 寂寞

137 - 千百次我……

139 - 月亮的传说

141 - 黄昏

143 - 机缘

145 - 草木风雨

双龙集

149 - 题记

150 - 山姑学会卖笑——有感于萨顶顶之歌

- 152 - 通俗抽象派
- 154 - 难忘的缩影——纪念中国共产党成立90周年
- 158 - 如果有缘
- 160 - 盛夏
- 162 - 我是……
- 166 - 内外
- 169 - 夕阳
- 171 - 路途
- 173 - 金龟子
- 175 - 亚热带生物之对话
- 177 - 十二生肖
- 180 - "谁持彩练当空舞"——为收藏品市场而作
- 183 - 舞蹈
- 186 - 无边无际的落英
- 188 - 不说一句再见
- 190 - 杨花飘雨

远方集

- 195 - 题记
- 196 - 忘·想
- 198 - 奶油香
- 200 - 大山狂想曲
- 203 - 草原狂想曲
- 206 - 七十二变化
- 210 - 那河那坡那梨

213 – 大美西藏
220 – 紫色狂想曲
223 – 火山上的生物
227 – 彩云下的南山坡
237 – 海洋畅想曲
239 – 山音海韵
243 – 海洋进行曲
246 – 海洋小夜曲
250 – 多彩的赞歌
255 – 歌声像鲜花般开放
257 – 崛起的大中华

异域集

261 – 题记
262 – 新加坡组歌
269 – 榴　莲
271 – 雅加达交响曲
273 – 爪哇国的日出
276 – 马六甲掠影
278 – 花香酒香百果香
281 – 伊斯兰堡
283 – 军事要塞
285 – 古老村庄
287 – "三轮车之都"
290 – 开满鲜花的国度

- 293 — 彩色礼拜
- 297 — 星辉映照山光水色
- 299 — 印度洋的美丽珍珠
- 301 — 狮子岩下野生大象
- 303 — 卫星联通梦想
- 305 — 风情万种立体贺卡
- 307 — 艺术古都伊斯法罕
- 309 — 边境油田
- 311 — 黄沙淹没都城
- 313 — 新迪拜之最
- 317 — 众鸟之王
- 319 — 阳光灼热的地方
- 321 — 马赛马拉大草原
- 323 — 东非黑木雕
- 325 — 拉穆群岛写意画
- 327 — 乌本桥
- 329 — 万塔之城蒲甘
- 331 — 文化矿藏
- 333 — 民间大使形象好
- 335 — 乞力马扎罗雪山

山花集

题　记

每当登上山顶
诗情化作点点洁白野花
采回一束朴素的山花
献给勤勉思考
努力奋斗的人们

大地交响曲

冬日的早晨
阴沉沉雾蒙蒙
雾蒙蒙阴沉沉
细雨
滴答滴答
滴滴答答下个不停
打着屋顶打着行人

道路泥泞
树叶凋零
枯枝上孤单地挂着一个鸟巢
杉树红了
却没有生气
时间似乎已经静止

屋檐上的小鸟
执意要打破这一片寂静
她们不停地唱道

奴需日头①

奴需光明

我诧异地转身

问湖边细柳

她轻挪腰肢

细语盈盈

奴家要春风

三月的春风

给我梳无数飘飘的秀丝

给我换一袭青青的新衣

抬头远望

婷婷袅袅的炊烟

炊烟回答

我要炫丽朝霞和晨起雄鸡第一次鸣啼

低头问小草

小草答道

我要碧波绿涛

昂首问苍天

苍天答我要雷电

举目问高山

---

① 日头：闽南方言，即太阳的意思。

高山应我要骤雨暴风

俯身问原野

原野喊我要飞雪

我禁不住

要仰天长啸

也能要晴明①

也能要春晖②

也能要雷鸣

也能要冬雪

只是不要

老是这么

滴滴答答

滴答滴答

下个不息

单调乏味

无休无止

无所作为

---

① 晴明：清澈、明朗的天空。
② 春晖：春天的阳光。

回乡散记

(一) 山居人家

偶尔来一客人
旋即又走了
好像山外来风
一丝影都不留
只剩一缕花香
一阵惆怅寂寞

(二) 岭上小路

远处蜿蜒小路
恰似一尾盘旋在青山上的长蛇
曾经多少回艰难地走过
依稀还记得满山杜鹃开放

殷红色花朵缀成一个个花圈

祭献于烈士墓前
衷心地祈求
不需再用血泪浸染无辜的花儿

（三）乡愁

怎么总是如此
匆匆归来匆匆离去
把温馨多情的家乡
当成借宿几夜之客栈
刚才还是细雨绵绵
现在已经雨消云散
身体到达新的天地
心还牵着不尽情丝

列车向两旁的田园
播下团团灰色的烟
我的乡愁
绵绵地播了一路
怎么也播不完
车底那一声声"哐嘟嘟"
好像锣鼓的节奏
伴着家乡动听的歌谣
眼前美味的鱼肉
怎比家乡的粗茶淡饭

怎能忘了
闽南侨乡的秀丽
梦里还见
南国少女的风姿
几分活泼几分高雅
花枝招展娇羞可爱
绚烂夺目的色彩
是升平世界的华美篇章
妩媚迷人的体态
竟如天宫里仙影蹁跹

更难忘侨乡
到处有细心好客的主人
和甜美动人的笑脸
虽没有北国的豪爽
却另有一种
缜密含蓄的风韵

银屏奇花颂

一株小小牡丹
几朵白花迎风招展
何以竟有如此神力
从各个乡间城区
搬到几个集市
静穆的山谷
古老的仙人洞
充满欢声笑语

生于陡峭的悬崖石壁
长在常人不能及的缝隙
不断吮吸大山乳汁
经常搏击狂风暴雨
对着茫茫青天，朵朵白云
独自快乐地开放
根本不看脚下的行人
因为他们
有些俗气有些平庸

春天的风

春天的风
是生命的天使
染绿了大地
红了桃白了李
春天的风
是温存的女神
吹活冻僵的空气
拂暖年轻的心

出去出去快出去
离开闭塞斗室
抛下枯燥书本
扔掉忧虑丢开烦闷
走向活泼的广阔天地
呼吸春天爽人的空气
融化在美丽的大自然
融化在柔和的春风里

可不要忘记

带上照相机

拍下欢唱的原野

拍下欢笑的青山

拍下白桦的优雅

拍下槐花的清香

拍下野草拍下山花

拍下青翠的竹林

拍下鸟儿的娇鸣①

拍下水粉画般的小山村

那般淡泊的土屋

那般清远的小树

那般明净的池水

拍下蓝天拍下白云

拍下旖旎的春日

拍下青春的风采

拍下甜美的笑影

拍下飘拂的秀发

拍下春天的风

---

① 这是"通感"的应用,即不同感官互通的意思,属一种艺术手法。

天柱山情思

浓雾太稠太稠
大山承受不了
如此沉重烦恼
猛烈地刮起
古老的松涛
霎时化成倾盆大雨
沿着幽幽石谷
沿着飞泻瀑布
带走重重忧郁

如果你想知道
大山的欢笑
且问遍山的野草
且问无边的平原
且问朗朗的春阳
且问绵绵的群山

如果你想了解

大山的记忆

可问山脚下东去的江水

可问月光里闪动的涟漪

如果你想熟悉

大山的历史

可问白塔旁肃穆的古寺

可问悬崖上殷红的题字

如果你想知悉大山的不屈

且问笔直的石壁

如果你想明白大山的胸怀

且问浩瀚的云海

如果你想知晓大山的希求

可问田野间因寂寞发出的如雷蛙声

可问山城中由振奋拔起的如林高楼①

如果你想知道大山的骄傲

且问走上 T 台的模特

且问遍布全球的学者

如果你想知道大山的自豪

可问各行各业的人才

可问引领世界潮流的先导

---

① 由于振兴奋发而兴建的森林般的高楼,"拔"字形容高楼拔地而起。

山乡风雨图

山里的人
才知山雨横扫一切的气势
海边的人
方晓海风一往无前的精神

你看连绵的山峰
早就隐藏秀美的身影
你看蜿蜒的流水
径自义无反顾地奔腾

你看平静湖水翻了底
你看古老瓦房掀了顶
你看高大桉树弯了腰
你看苍茫青天低了颈

只有蓬勃不屈的秧苗
最懂风雨的情思和志趣
排着整齐的队列
欢呼着舞蹈着迎接她们
拥抱着她们亲吻着她们

小镇风情

穿起那身素净的衣裳
拎桶衣服拿根洗衣棒
袅袅地走过幽幽小巷
来到江边的芦苇荡

古朴榕树张大树冠
默默庇荫美丽的浣衣女郎
浩浩江风越过高山
停在安谧小城
歇在寂静山乡

滔滔不绝奔腾的大江
冲走千古恩仇哀怨
波涛汹涌起
南国热血少年的遐想
江水涤不尽
侨乡俊秀姑娘的柔肠

骑车奔跑在故乡大道上

骑车奔跑在故乡大道上
小河在车轮旁欢唱
拥抱故乡的风
海风好似比往日凉爽
拥抱故乡的人
故人比从前更温暖

骑车奔跑在故乡大道上
乌云在车轮前散开
天空现出绚丽云彩
青山露出迷人笑靥
田野敞开胸怀欢笑
园林把丰硕果实炫耀

骑车奔跑在故乡大道上
大型卡车与简陋板车并行
路旁商店里旋转着的电风扇
如同儿时玩耍的风筝

音箱里飘荡着激动人心的歌声
这还是记忆中的闽南吗

骑车奔跑在故乡大道上
时光在车轮里流转
儿时做伴的小姑娘
已成另一小姑娘的妈妈
我还在不停地奔跑
不知哪儿是歇脚的地方

骑车奔跑在故乡大道上
记忆在车轮上飞旋
我想用记忆的小刀
裁出一幅闽南剪影
可无法成功——
记忆想留住闽南
闽南已不在记忆中

春 天 来 了

春天来了
这是馈赠的季节
我只想采得
雪白的杜鹃花一棵①

得意的春风
留给骏马奔腾
嫩芽初冒的树梢
让给不甘寂寞的小鸟
颜色鲜红鲜红的花儿
属名垂千古的英烈
姿态妖艳娇媚的花儿
属玩世不恭的公子哥
我希望得到一束
冰玉般晶莹的山石榴②

---

① 指一棵开着杜鹃花的小树。
② 山石榴：与映山红一样，也是杜鹃花的别名。

灿烂无比的春日
愿她照亮整个世界
香气逼人的月季
好像情窦初开的少女
红艳艳的桃花
招徕蜜蜂与蝴蝶
满山遍野的茶花
由山姑去采摘
我盼望取得一把
冰清玉洁的杜鹃花

春天来了
这是馈赠的季节
我只愿获得
雪白的杜鹃花一棵

雨　夜

初次见到火车是独自离家远行的时候
也是这样的雨夜与钟声
慈父的叮咛在耳畔如雨滴的声音
整整两天两夜只吃下几个水果
肿起的双脚迈出人生的第一步

来到榕荫下古寺观看花灯的时候
还是这样的雨夜与锣鼓
白色的嫦娥栩栩如生展袖飞舞
小鸟般脆鸣使人惊叹电子世界的美妙
最感人的是路旁小店人家
鲜美快餐
温馨气氛
使我向往自由自在无忧无虑的生活

也是这样的雨夜呀
拜访久别的梦里常见的母校
当年师生们一起栽下的凤凰树

如今比教学楼还高
怎能忘怀过去的情谊
多想重温往昔的甜蜜

又是这样的雨夜哟
十字街头旋转的车流
旋转出宇宙时空的足音
七彩霓虹映出无数身影
心中没有宽慰前方不是归途
多少情丝随着车轮翻滚
只有夜雨知晓这遥远的征程
将有多少风雨多少甘苦

春雨潇潇的季节

那边怨我
自己匆匆地走
却把绵绵细雨留下
这边又说
你带来绵绵细雨
真是件特别的礼物

中间一处更不明白
你怎么总是风里去雨里来

小雨淅淅沥沥地下
像是汗水像是泪花
朋友啊我又奈何
这季节的春雨潇潇
这潇潇春雨的季节

时空怪圈

人来人往
来往匆匆
匆匆来往
总是走不出这个怪圈

急急地来
急急地去
明知结果终归要去
可就是偏偏要来

忙忙地去
忙忙地来
明知结果总归要来
可还是执意要去

来也匆匆
去也匆匆
来去匆匆
却终究走不出这个怪圈

年　轮

骑脚踏车的我
羡慕摩托车轻烟一路
驾摩托车的我
怀念脚踏车无拘无束

小车飞驰而去
弥留耳际的
不是它的喇叭声
而是嘹亮的蝉鸣
晚风轻轻吹过
飘落肩头的
不是你的发丝
而是树的枯叶

幼年的世界
是妈妈甘甜的乳汁
和温馨柔软的手臂
童年的世界

是简朴的农家小舍
和阳光下灿烂芳香的稻穗

少年的世界
是充满诗情画意的亭台楼阁
和漫山遍野火一样的枫叶
青年的世界
是情侣醉人的亲吻和激情
和不切实际的空想和野心

中年的世界
是五光十色的社会
和频繁重复的家庭琐事
老年的世界
是奇妙的浩瀚宇宙
和回归自然的从容与和谐

云南中部记游

盛满鱼虾的湖泊荷塘

普者黑,鱼虾满塘的地方
你没有大理丽江盛名
却有漓江般绿水青山
你没有大上海十里洋场
却有十里桃花演绎真情
三生三世决不相忘
两座山峰水中倒影
恰似一颗硕大的花生①

雨水积满播种前的田园
好像一面面明亮的镜子
田埂就是那黑色镜框
时髦话语称为"酷毙"
圆形农田好似太极图

---

① 花生象征繁盛的生命力。

如同大田螺向外延展
方形农田好似彩色积木
拼装起无数丰收的希望

阳光在云雾里飞射穿行
树影山形恰似蓝色精灵
恍惚中好像来到江南水乡
暮归老农与耕牛化为剪影
荷叶和秋风共同歌唱
莲花与龙舟相映成趣
桥洞里窥探千年变幻
凉亭下洗刷万代情思

金色光辉洒满古老村庄
远处山巅形如母亲的乳房
土地肥沃黄里透红
人民勤劳世代耕种
青龙①引来普者黑水源
狮子②守卫美丽仙人洞
仙鹤与黑白天鹅从天而降
普者黑,盛满鱼虾的湖泊河塘

放 飞 希 望

朝霞里,老农赶着耕牛

---

① 青龙:指青龙山。
② 狮子:指三座形似狮子的山头。

缓缓地来回劳作
远处高山斜坡
静卧许多灰色石头
山脚下天鹅湖
黑白天鹅纷飞起落

荷塘中，各色花瓣多姿多彩
宽大花朵惹人喜爱
荷苞莲蓬并肩屹立
白莲花背靠背盛开
山坡上绿茵青翠欲滴
鸡鸭与牛羊爬满草地

路灯下，点燃蜡烛芯
孔明灯冉冉上升
在拱形小桥上空
溶洞青蛙探头寻访
双龙寻宝一柱擎天
胸中激情似山泉喷涌

玉溪环绕鱼米之乡

珠江红河之源头
溪水绕城而过
恰如玉带环腰
依依不舍东南流

星云湖抚仙湖①
哺育一方沃美水土
引得神仙下凡驻留
界鱼石分隔水族

玉溪环绕滇中粮仓
生养诸多英雄豪杰
彩云之南花灯云烟
支撑经济社会建设

强盛时不称霸不侵略
至今多国祭拜郑和②
羸弱时不投降不屈服
义勇军进行曲出自聂耳

溪水带走荏苒光阴
海风③送来生命激情
我不是宇宙间匆匆过客
而是时空变幻的参与者

---

① 两湖之间由玉带河相连通,但鱼类却老死不相往来,大头鱼只生存在星云湖中,抗浪鱼只生存在抚仙湖中。
② 在当年郑和船队到过的许多国家,设有"三保祠堂"祭祀郑和。
③ 内地人们喜欢把湖称为"海风",故湖风亦可称为"海风"。

校园集

题　　记

我竭尽全力攀登险峻的高山
　　大汗淋漓气喘吁吁
　　　猛然间
　　前方出现一个亭子
　　　急忙冲过去

　　　匆忙间瞥见
　　白云里山峰顶端
　　仍然是那样遥不可及
　　　似乎带着一丝
　　　对攀登者的蔑视

　　终于不走进亭子
　　　仍旧竭尽全力
　　　　继续向上
　　登攀登攀……

荷塘偶得

一

我在漫步时漫想
我在漫想时漫步
到青翠荷塘边缘
寻求短暂的清闲

荷叶一片碧绿
悄然点缀一点粉红
一旦荷花怒放
该多么令人着迷

表上日历跳过几格
池中荷叶升高一截
再来此寻觅
不见荷花踪迹

二

终见荷花仙子
终见荷花仙子
她在绿叶中
身着红色衣

池塘边也有红色衣
是妙龄少女
她与她孰俏丽
一个是自然的宠女
一个是社会的骄子

水面涟漪折影像
空中白云作思绪
我在漫步中漫想
我在漫想中漫步

晨　曲

缕缕青烟
微微南风
点点绿草
总与桃李齐争春

清脆梢头鸣声
依稀丛中倩影
春之校园
孕育大地精灵

校园小夜曲

茂盛的树叶
撕破地面灯光
编织奇特图案
姑娘年轻的心
伴随凉爽的晚风
飘荡甜蜜醉人的思念

电波融入天线
化作空气的振荡
Voice of America①
姑娘的思念啊
远飘异国他乡
那电波发源的地方

姑娘思念远方恋人
盼他早日学成还乡

---

① Voice of America,美国之音,是一个无线电台节目。

姑娘思念远方情人
思念中饱含担心
担忧心中爱人
把异国女郎留恋

明亮的玻璃窗
曾映出两个勤奋身影
可灯光不会记心上
路旁的小树们
曾窃听涓涓流水般情话
可落叶早已忘怀

唯有邮车绿色容颜
承载姑娘美好希望
"愿这颗龙族的赤子心
在你柔胸中得到永恒的搏动"
姑娘品味着内心的高兴
扫光之前的忐忑不安

校园里的晚风
摇曳窗外的树枝
不断变幻地上的图案
姑娘的春心啊
伴随清爽晚风
飘荡美丽动人的思念

校园秋别

风切切
情也切切
寒风一夜
染出几枝红叶
每一枚红叶
珍藏无数友情的回忆
珍藏无数奋斗的快乐

雨绵绵
情也绵绵
寒窗数年
熬出几多白发
每一丝白发
记载多少爱情的迷茫
记载多少思想的光芒

难忘红墙灰瓦
难忘柳岸湖畔
难忘灼灼鲜花

难忘炎炎骄阳

难忘梧桐叶黄

难忘雪松凌霜

难忘郊游风光

难忘夜读不倦

难忘舞姿奔放

难忘足球飞扬

征途似练①
情更长
今日泪眼相别
潇潇满地落叶
淹没身后足迹
前方坑坑洼洼脚印
化成一条新径

红叶似火
情更烈
今日执手相约
君往繁华帝都
吾奔寂寞塞北
待来年北京同聚会
再把手相携

---

① 练字有白绢的含义,古代把丝帛煮熟,使之柔软洁白,就称为练。笔者在此将其引申为"细长"的意思。

校园冬景

寒风凛凛
冻结着诗情
好冷好冷
出来时本该多加衣服
可后悔毫无用处
冬季的夕阳
懒懒地照着灰色墙壁
没有一点温暖
天边白云像崭新的棉被
又如掉队的孤独的大雁
岸边杨柳颤抖着身体
枯萎的荷叶没精打采
黑色湖水中没有鱼儿
亭子里空空如也
不见美丽的姑娘

寒风凛凛
冻结着诗情

好冷好冷
出来时本该多加衣服
可后悔毫无用处
我心中很清楚
一切都肯定会有
在那春天里
彷徨无济于事
等待徒费时日
明天的大地
还会披上白色晨霜
要挺起胸膛
去冰天雪地里寻找春天

冬 夜

风凄凄夜沉沉
刮来乡愁阵阵
树丛中孤零零的路灯
倒映出孤零零的身影
校园深处缠绵悱恻歌声
勾起多少委婉动人回忆
远处传来汽笛长鸣
不知又归来多少游子
不知又送去多少旅人

明月总当头

明月当头
独自散步
垂柳环绕小路
假山卫护小湖
湖边一座高楼
湖底一座高楼
水面闪微波
同邀夜色小酌
灯影下的杨柳
姿态更加美丽

明月默默
我也默默
数年大学生活
转眼已成回首
来时一无所有
走时清风卷袖
捡起几片黄叶

不知明日归途
慢慢撕碎
扔进深深湖底

就这样轻装向前走
不再回头
没有旅途包袱
只有无尽求索
不带走美梦
也没有爱情
只有明月伴随
虽然她从不开口
无论酒醒何处
明月总当头

别情两首

一

列车缓缓地起动加速
全然不顾
依依挥动的惜别的手
暗暗流向心灵的泪珠

真想真想留住
留住这一阵阵清风
真想真想留住
留住那一段好时光
无情的汽笛
凄厉地鸣响

不愿不愿相信
美丽的彩虹在雨后
不愿不愿相信

真正的友谊在别后
离别的时候
才知相聚时光要珍惜

希望希望能够
拦住铁轨上滚滚的轮子
希望希望能够
不离开这块可爱的土地
重温春雨般缠绵的情思
和那秋叶般美丽的记忆

这里的一切如手指般熟悉
心中从不分离
似乎明日还会
背着书包上的补丁
走向灯火通明
不分昼夜的自修室
可惜这一切
都只在梦里了

全然不顾
依依挥动的惜别的手
暗暗流向心灵的泪珠
列车缓缓地起动加速

二

忘不了忘不了
忘不了美好的校园
从前令我向往
后来给我奋斗力量
如今让我怀念的地方

忘不了忘不了
忘不了迷人的灯光
时常鼓舞激励我的灯光
灯光下有我不倦的追求
灯光下有我青春的向往

忘不了忘不了
忘不了美妙的歌声
永远令人激动的歌声
歌声里有彩虹般的憧憬
歌声里有梦幻般的情人

忘不了忘不了
忘不了动人的友情
迷途中为我照明
孤独中给我力量的友情

忘不了忘不了
忘不了萦绕心头的梦乡
忘不了雪中那一串脚印
忘不了树丛掩映的楼房
忘不了花草间淡淡的诗情

校园之歌

这是充满诗意的校园
开遍鲜花长满绿草
株株大树蔽日遮天
这是富有创意的校园
整齐的书架朴素的书包
认真的态度自由的思想

多少次春雨浇绿了草原
多少次秋风染红了梧桐
校园依旧肃穆庄严
经过多少次冰封霜冻
经过多少次雷鸣电闪
校园仍然威武不屈
迎入多少风华正茂的学子
送出多少富国兴邦的栋梁
校园总是如此孜孜不倦
走过多少佳人才子
流传多少缠绵故事

校园平添几分神秘

　　阵阵晚风过去
　　留下红叶片片
　　每一片红叶
　　是一首感人诗篇
　　每个人经过这里
　　都奏响一支短短歌曲

校园之梦

在一个充满幻想的夏天
走进台湾歌曲中的校园
歌曲带着稻草清香
身上沐浴金色阳光
在校园林荫小道上
开始编织美妙梦想

我曾梦想成为不朽诗人
始于某个美丽黄昏
那天的夕阳柔美又红艳
那天的晚风温馨又凉爽

你梦想当驰骋疆场的将军
当你第一次听说拿破仑
可是很快又深深地失望
当你了解拿破仑也有遗憾

她梦想获得体贴甜蜜的心

当她在浩荡人群中遇见你
梦想和你同游远方海洋
可台风掀起无情波浪

怀着一颗诗人之心
寻觅不到昔日梦想
仍然拥有满腔热情
在校园林荫小道上
心中编织新梦想
耳畔飘扬热火朝天的歌声

校园变奏曲

校园里
飘满桂花淡雅香味
浓艳的夹竹桃
正含苞吐蕊
那种又香又白的小花
已经凋谢
我们曾经一起
欣赏的葡萄架
只剩枯藤老枝

曾几何时
也是这样温馨的夜雨
数不清级数的阶梯
我和你
并肩走过无数次
如今却握不着
那双娇嫩温暖的手
满腔激动与柔情

已无处追寻

校园里
竭力想接起
断了许久的思绪
竭力想放飞
断了许久的风筝
可是满腔的激动与柔情
那双温暖娇嫩的小手
一切的一切
只留在睡梦里

秋天的雷声

迎面打来一片黄叶
脸上好疼,哎——
又是秋风萧瑟的季节

校园里太寂静
马路上太寂静
整个世界太寂静
西面的太阳
显得那么安稳
只有冷冷的风
无所顾忌地吹动
偶尔夹带汽车喇叭声
太冷清

闷闷地响起一阵雷鸣
蓦然间无暇惊诧
这秋天的雷声
只是忽然明白
少了什么物体和精神

春　殇

风雪淹没一切
只剩梧桐树下片片水渍
校园越发整齐清洁
学府充满庄严气息
开放的花蕊
不懂得感激黛玉的眼泪
冬日迟迟不肯离去
夏季却又匆匆而至
一阵眩晕袭上头
脚下星球也在颤抖

花儿迎风起舞
不知开放为了何故
不知今后还会凋谢
白的仍旧纯洁
黄的依然艳美
红的更加妩媚
或许明春继续含苞吐蕾

或许冰川期将地球毁灭
满腹心事无人理解
午后阳光减少炽烈

小鸟成双成对
沉浸于晨起的雀跃
好个艳阳日
莫把青春虚度
推开临街窗户
面对陌生世界
梧桐树本已光秃秃
一夜间长出嫩芽许多
原野上的绿叶
如海浪般蜿蜒起伏
振荡出一种无人理解的节奏

都市集

题 记

一

城市像一只巨大的春蚕
　吞噬一片片农田
　吐出一栋栋楼房
　不知道是否有一天
人间不再有茂密的绿桑
到处都布满白白的蚕茧

二

　丰满的胸脯是红色
　修长的双腿是白色
　匆忙的精灵是黑色
　旋转的时间是无色

三

白天做人世间极辉煌的事情
夜晚读宇宙中最浪漫的诗文
日日经过都市最繁华的地方
夜夜操持世上最寂寞的营生

四

拥挤
你是繁华的孪生兄弟
珠江河畔闲时漫步
看对岸车辆人流
恍如两个世界

短　　章

黄昏踯躅着
携带旷旷惆怅
走到人间
每个角落

妇女们匆匆忙忙
赶回幸福的家里
为丈夫与孩子
点燃家庭的温暖

路旁梧桐树上
剩几个秃枝摇晃
几位少女谈笑着
悠闲地款款行过

缪斯女神郁郁地飘荡
寻不到落脚的地方
降临在游子戚戚的心里

他乡之夜

倦倦的路灯倦倦的月牙
婷婷的少女婷婷的白桦
昏黄昏黄的梧桐树叶
昏黄昏黄的集市大街

柔柔的晚风柔柔的夜雨
暖暖的店铺暖暖的笑意
淡蓝淡蓝的平和音乐
淡蓝淡蓝的安详静谧

年轻又古老的陌生城市
散发着家乡小镇的风味
他乡之夜和故乡之夜
一样的温馨一样的亲切

都市即景

一片喧闹声
把都市吵醒
人与车辆、机器、商品
同在各种气味中运行

工厂冒出浓烟
涂黑初升太阳
远处暗黄一片
那是繁忙的黄浦江

蓝色天空中
小鸟自由飞翔
忽然一声巨响
飞机占据这块空间

繁忙一天
一天繁忙
暮色降临

华灯初上

刹那间霓虹灯
占领整个都城
七彩灯光里
映出盛世升平

马路刚洒过水
如一面长长的镜子
"大世界"和"大光明"
攒动无数人影

天桥的梯子
歇着疲极的旅人
笨重的行李
勾起沉甸甸的回忆

初次离家远行的回忆
初次登上火车的回忆
初次拜访霓虹世界
为之惊讶为之困惑的回忆

初 雪

汽车摇摆着
如同一个
大大的摇篮
发动机闷声哼着
似一首催眠的歌

不知何时窗外
飘起片片雪花
风使劲地刮
似乎要拔起
都市新村的地基

梧桐树的最后
几片枯叶
凄凄地向路面飘来
旷旷的田野

只剩若干耐寒蔬菜①

忽地②里前头
几声爆竹传来
路边张灯结彩
像是一家新店
又要开业

我倏然明白
除了冬日霜雪
还有一个
生机勃勃的春天
灿烂明媚的红太阳

---

① 指耐寒冷的蔬菜，比如菠菜、白菜、蒜苗等。
② 忽地：忽然；突然。

自 画 像

那样子定是有点滑稽
背着一袋降价处理的图书
独自一人匆匆行走
是的那样子定是有点滑稽①

我怎能顾得了这些
在茫茫人海里
执意要寻一两个知音
甚至还憧憬
艾丝美拉达式的少女
懂得人间最美好的感情
深明社会的善恶是非

虽然我决心已定
耳边总有这样的回声
知音难觅难觅知音

---

① 带有自嘲的意思,社会上很多人"向钱看"而"我"却只知道看书。

于是奔向荒凉原野
一个光秃秃的山坡
长棵孤零零的大树
摇晃着干瘪的树枝
不知与我同病相惜
还是肆意嘲笑于我

一怒之下砍断枯枝
返回繁华都市
执意要寻一两个知音
尽管那样子有点滑稽

是的那样子定是有点滑稽
背着一袋降价处理的书
独自一人匆匆地行走
那样子定是有点滑稽

都市夜思

多少次搭乘无轨电车
穿过长长的南京路
多少次走过外白渡①
出神地凝视墨黑的苏州河

多少次眼前闪过七彩霓虹
与华丽无比的大小车子
多少次仰望江边黑色楼宇
心中发出一阵阵颤动

也曾借烟吐愁
也曾卜命占卦
也曾青春蹉跎
也曾放浪形骸
也曾灯迷酒醉
经常萦绕心头的

---

① 外白渡：指上海老城区的外白渡桥。

仍是永不忘却的
奋斗不倦的日日夜夜

蓝天下有流星陨落的火花
黄昏里有树叶枯逝的轨迹
彩灯中有我们曼舞的倩影

如今我要告别都市
告别这里的落叶和星辰
告别玫瑰色的美梦
也告别玫瑰色的你

只怕从此以后
每日苦苦奋斗
带来夜晚的劳累
无处获得温存的抚慰

黄 梅 天

空气太湿润
日头太憋闷
吐不出一丝光线
高大的烟囱
吐出团团黄烟
顿时锈了白云
锈了整个天空

后来下起绵绵的雨
那雨也是黄色
大地发霉
大脑潮湿
冒出一阵虚汗
肚子空空如也
却没有食欲

不知怎的
忽然想起

刚过去的春天
春天里那对
有趣的情侣
快乐勤勉的情侣

都市协奏曲

灰色黄昏
灰色都城
灰色大厦
不知愁的小鸟
不停地吵闹

悲凉音乐
凄惨晚风
大门来回摇曳
一个男孩思虑
天地如何运行

美丽夕阳
动人笛声
梧桐叶黄
一个女孩忧愁
看琼瑶小说

孤独夜晚
昏黄灯光
仿佛只有悲伤
邓丽君嗓音似珠玉
诉说往昔故事

明亮镜子
轻微呼吸
钢笔划个不停
到处流浪的旅人
问他自己是谁

古城之行

伸手接一瓣夹竹桃落英
心中装满前朝故事无数
人行道上早已撒满白色花朵
空中雨点还在不停地往下落
霓虹灯下闪亮的梧桐马路
蠕动着两个细长、细长的身影
记得小时候在哪本书中读过
电闪雷鸣喜欢在离别时降临

古都的风儿尽情地吹吧
茂密的梧桐叶都为你鼓掌
她们知道秋天要回归
脚下肥沃的黑色泥土
清晨汽笛你尽情高歌吧
列车开动如巨人起步
稳健倔强势不可挡
无论前方是风雪还是坦途

像多情的潇潇雨幕里头
擎起一束耀眼的焰火
如茂密的热带丛林深处
冲出一道激情的瀑布
似皑皑莽莽的雪原之顶
怒放一支艳丽无比的花儿
月台上飘荡着红色连衣裙

啊!我会记住悄悄的呢喃细语
我会记住一江绿水一路杨柳
我会记住两岸青峰双色桃夭
我会记住七彩霓裳摄人心魄
我会记住雨夜的街区冷清落寞
我会记住脸庞的皎洁身姿的俏丽
我会记住那双西子湖般的眼睛
啊!我会记住那声轻轻的叹息

客车梦幻曲

服务员同志
我买张没有终点的车票
流浪是我每日的课程
这里的梧桐不像故乡的古榕
这里的马路不是故乡的街道
拖拉机发出杀猪般嚎叫
雨茫茫笼罩高大建筑群
小鸟惊呼：晕倒
三月天竟比冬季寒冷

总是行人欲断魂的季节
总是泥泞曲折的道路
总是摇摇晃晃的客车
总是如此沉重的包袱
太累了太腻味重重地叹息一声
终究有太多忧郁折磨我的梦
有个旅客没买车票
或许他想尝试冒险的刺激味道

有人醉生梦死如行尸走肉
有人鼠目寸光腐化堕落
有人鬼迷心窍满身铜臭
服务员同志
乘车是你的职业
你从不感到厌倦从不晕车吗

服务员同志
还记得那个天使般可爱的少女吗
她不幸溺水死了真的死了
她本不会死的
假如岸上五十个人
伸出一只拯救的手
手是伸出了我听说
可每个毛孔都带着
血和肮脏的东西
她本不会死的
假如岸上站的是她父亲
可病魔早已夺去他生命
她本不会死的
假如围观的不是人
而是善良的海豚
或者温驯的母狗
……
终于上帝抬起双手忍着悲愤的怒火

召回不幸溺水的小天使

从此她无须再呼吸

尘世间充满喧嚣的空气

汽车驶上外白渡桥

一对动物相拥大笑

取乐于自己发明的游戏

朝过往船只的船工吐口水

倏然间我理解

苏州河那冲天臭气

服务员同志

乘车是你的职业

你从不感到厌恶从不晕车吗

皮鞋跟踩着姑娘疼得她一声尖叫

人们对于拥挤

似乎有天生嗜好

等到挤出汗水挤出烦恼挤出仇恨

甚至踩死几个人

于是开始互相撕咬

咬出血来咬出肉来咬碎筋骨咬碎了心

"痛苦啊"人们又开始呻吟

服务员同志

你是否了解

曾有一种巨大野兽非常凶狠

吃下一切动物以繁衍自己的子孙
　　　有一天太阳颤抖不已
　　　这些巨大野兽发了疯
　　互相残杀互相吞噬直至全数绝灭

　　　是呀这真是震撼人心的故事
　　　　　服务员同志
　　这个世界叫人伤心的事还真是多
　　　　美人蕉开花了色彩丰富
　　那条养肥的猪被杀了猪肉香甜
　　听说指点我看《红楼梦》的村支书
　　　　得癌症离开人间已多年
　　是吗有时你也会突然感到很寂寞
　　　　稍有片刻不能把心里话倾诉
　　　　心头就像一只发胀的气球
　　　　　　幸好我有一支
　　　　　永远陪伴我的梦幻曲
　　　　只管向前吧什么都不顾
　　　　我买一张没有终点的车票
　　　　　　服务员同志

沉默者之对话

"快,快打开窗户
快迎进窗外一片春晖"

"不,我不敢打开窗户
外边有股令人窒息的气味"

"那种洁白小花
一夜间即竞相开放
快,快迎进醉人的芳香"

"一夜间又会完全凋谢
那种令人窒息的气味
会让你昏迷不醒"

"哎,只是可惜了
一派大好春光
人都说我性格内向
原来你和我同样"

"你看小猫趴在灶台上沉睡
太阳懒洋洋一切都懒洋洋
经过太多悲欢离合
多情的神经也会麻木
人们不知为何死去
不知为何来到尘世"

莲 花 颂

不羡慕玫瑰的艳丽
只贡献自己的风姿
不模仿茉莉浓香扑鼻
只培养自身不俗品质
不仰慕牡丹的权势
只追求自己的情趣
不艳羡昙花的声名
只保持自身的本性

不眼红别人的高楼
只安居自己的小屋
不仿效别人奢侈挥霍
永保存自身真诚淳朴
不嫉妒别人的排场
只保留自己的信仰
不羡慕别人的富有
永保持自己的追求
不嫉恨别人幸运与天赋

只相信自身拼搏与奋斗
不稀罕别人出身高贵
永坚持自身努力不懈

玫瑰集

题　记

一

你是说那封信吗
我写成时正值黄昏
浸透晚风凉意
发出却在凌晨
带着露水清香气息

你是说可爱的洋娃娃吗
她当然属于你
只要你真心喜欢
至于那块巧克力
又甜又苦，又苦又甜

二

不要说谢谢

还不如
道一声再见
留给我希望
留给我温暖

爱
——《血凝》观后感

眼睛
是透镜
无数个成像
都是爱人倩影

欢快的电磁波
传递诚挚的爱
会心一点头
流露无限信赖

手
握着手
纯真的温情
对流着

胸
紧贴胸
钟情的两颗心
在共振

今宵酒醒何处

一

来也匆匆
去也匆匆
让你来送
怕是不能忍受
离别的缠绵苦痛
不让你送
双脚似千斤铁锚
怎么也抬不动

然而你还是来送吧
不要送我泪眼汪汪
不要送我海誓山盟
送我默默一眼
送我深深一吻
让我带到寂寞的远方

二

你说
我不在的时候
时时想我

如今抛下所有
我来了
你却要走

不能留
更难的是送你走西口
多想陪你一路

时过花零落
那么
握一握手

习　作

楼梯上
曾遇见一位姑娘
她手中
捧一封厚厚信笺
她脸庞
绽放甜甜笑容

没走到房间
急着把信拆看
哪方少年
占据姑娘心房
少女心事
是永恒的谜

重 逢 情

你终于平安到达
好像开放在我面前
一朵金黄的月季花
杨柳崇拜你妩媚风采
弯腰为你拂去征衣①上的尘埃

去年,秋叶曾为你送行
今日,春风要为你洗尘
经过一冬霜冻雪打
你冰玉般圆润脸颊
显得更加纯洁无瑕

且莫说一句话
让我轻抚你秀额的乌发
好似挥动天上一朵云彩
让我将你紧紧拥抱

---

① 人生旅程有如征途,故身上衣服应可称为征衣。

吻去你跋涉一路的辛劳

我知道你酒量不大
但今天请求你
把这杯葡萄酒干下
喝掉我们离别的思念
饮下我们重逢的欢畅

去年，秋叶曾为你送行
今日，春风要为你洗尘
别后孤寂不再提起
离时苦闷不想回忆
只愿我们永远永远不分离

五月的风雨

鲜艳的玫瑰花前
似天仙般优雅的姑娘
手中旋转一把漂亮花伞
独自盼望

五月的雨哟
细如少女的心
五月的风哟
柔似姑娘的手

问细雨呀
为何有这般甜蜜与柔情
因为心中有热恋之人
问柔风呀
为何有这般沉静和信心
心中有热爱自己的人

歌　　谣

风吹树摇
记忆也在飘
姑娘啊为何你的倩影
总在我眼前闪耀

风声雨声
交织着雷鸣
姑娘啊为何你的柔音
总在我耳边牵萦

水溢沙走
思绪也在流
姑娘啊为何我的脑子
失去思维能力

境过时迁
美梦已消散
姑娘啊为何我的内心
仍有深深思念

暴 风 雨

男孩,孤独的男孩
为何在旷野中独自徘徊
半空中乌云如兀鹫般张牙舞爪
眼看要朝地面扑来

男孩,孤独的男孩
为何在泥泞小道独自徘徊
那个高傲漂亮的女孩
难道已将你抛开

男孩,孤独的男孩
为何对着霓虹灯独自发呆
象征都市繁华之色彩
是否触伤你情怀

男孩,孤独的男孩
为何对着杯中咖啡独自发呆
暴风雨般惊心动魄的音乐

是否加重你悲哀

男孩，孤独的男孩
你看周围人眼神多怪
他们已被黑色液体麻醉
怎品尝得出各种滋味

男孩，孤独的男孩
你看那些人跳得多欢快
你却苦苦思念她
那个冷酷无情的女孩

男孩，孤独的男孩
你为何还要把她爱
她是个浅薄无信的女孩
空有一身外表美

男孩，孤独的男孩
别再别再独自徘徊
你看那玻璃窗外
黎明正向咱们走来

男孩，顽强的男孩
快拿出男子汉气概
今天的足球赛

肯定会更精彩

男孩,勇敢的男孩
让咱们携起手来
咱们一定不会失败
咱们是坚强无畏的男孩

夜

漆黑的夜
笼罩着整个世界
倾盆的雨
从空中浇到地里
啊——
上苍眼睛在流泪
大地胸怀在淌血

你走时
也是这样的狂风骤雨
从此怕遭遇
暴风雨的黑夜

你确已远去
只留下一首悲凉小诗

西湖般的眼睛

带着那双西湖般的眼睛
我去饱览春天美景
春日催发枝上嫩芽
假山旁开满洁白鲜花

柔软的柳枝轻拂湖水
荡漾起动人乐曲
美丽姑娘你可相信
曲中有双明亮的眼睛

歌声描绘故乡春景
鸟儿吐露心中恋情
故乡啊我的往事属于你
我的未来我的一切属于你

优雅古朴的庭院
庄严肃穆的宝殿
宝殿上的大佛

为何张开大口笑我

可爱的大佛啊
莫用尔心衡量我
尔心如一面明镜
我心藏着对明亮眼睛

自然把春天赐予勤劳的人群
造化把光华授给你的眼睛
带着这双西湖般的眼睛
我去饱览春天的美景

梦 儿 太 深

车儿飞奔　飘荡鲜红衣裙
梦儿飞奔　飞扬醉人歌声

河水在流　载动大船小舟
梦儿在流　挥洒盈盈热泪

山峦真沉　压着无穷的神奇传说
梦儿真沉　为了往昔的浪漫生活

原野莽莽　任骏马横冲直撞
梦儿莽莽　供心灵自由翱翔

夜儿太深　如同你的眼睛
梦儿太深　也为你的眼睛

失

认识你
在一个醉人的黄昏
惊喜的心情
如哥伦布登上新陆地
红色夕阳里
云彩多么美丽
我和你一起
细数眼前景物
蓝天　春风　绿叶
炊烟　小桥　流水
一条小石子铺成的小路

如今春风又起
又是一个醉人的黄昏
我的心灵
在晚风中战栗
夕阳下的云朵仍旧美丽
我细数眼前景物

蓝天　春风　绿叶
　　炊烟　小桥　流水
一条小石子铺成的小路
　　　只是——
　　只是少了一个你

站在宁静匆忙的黄昏里
站在宁静匆忙的石子路
　有一首歌不敢唱起
　有一种伤不敢倾诉
　蓝天从来只有沉寂
　春风乐于温暖人心
　　这是醉人的黄昏
　　这是做梦的季节
　　我的心中此刻
　　唯有一阵凉意

微 风

早已视生离为家常便饭
早已将死别作儿时游戏
不再把回忆当成美景
不再把梦境当成天堂
幻想常化为泡影
爱情不一定神圣
就这么匆匆来匆匆去
来不及探究来不及反思
甚至不留点滴诗意
舞台上声嘶力竭的女星
根本不懂人生奥秘

远处高楼大厦的缝隙中
突然飘出彩云倩影
脑中掠过一丝微风
带点老酒醇香
迷迷糊糊醉啦
想起那可爱女生

圆月般明亮清澈的眼睛
摄人魂魄的光华

也曾在梦里哭泣
也曾在梦中颤抖
都为那种摄人魂魄的光辉
都为那双圆月般的双眸
不愿相信回忆是真
为甚如此深沉忧愁
从不相信梦乡是真
眼前景物充满悲愤

假 如

假如我轻轻地呼唤你
轻轻地呼唤你的名字
以执着追求和满腔衷情
你一定会热烈地响应
我心知悉　我心知悉

假如我放起风筝
让它随着浩荡东风
飞向洁白云层
你一定会放出小鸽
我了解的　我了解的

假如我唱起那首歌
那首优雅而不乏激情
流畅而略带忧伤的歌
你一定会弹起钢琴
我知道的　我知道的

假如我放下小艇
让它顺着蜿蜒江河
漂向你居住的都城
你一定会热诚欢迎
我知晓的　我知晓的

假如你逆流上行
来到古木参天的森林
寻找一个童话般的世界
我们的生命将会永恒
你知道没　你知道没

可是我声音喑哑
风筝的线已被扯断
那首歌词已被丢失
小艇没有一丝踪迹
你知晓吗　你知晓吗

蔷 薇 花

柔情似水
烈性也似水
纳于湖中恬静柔美
融入大海汹涌澎湃

悠闲像云
快乐像云
蓝天怀抱中自如惬意
微风抚弄下飘逸多姿

温驯如马
狂野如马
驾上车轿温柔善良
奔向原野热情豪放

最难忘是——
一丝持久的馨香
一缕隽永的情思
一份长久的怀念
一种美好的记忆

秋　夜

一声汽笛
一段古老回忆
一阵晚风
一种无奈叹息
秋天夕阳里
蕴藏辉煌过去
月亮光晕里
升华超然情绪
高楼恍惚晃动
大树拼命摇曳
一种久违情感
占据整个空间

还　是

还是那一朵云彩
还是那一株鲜花
还是那一棵树干
还是那一种小鸟
还是那一座吊桥
还是那一艘轮船
还是那一轮明月
还是那一首情歌
还是那一条老街
还是那一辆汽车

只是不见了
那一个人儿

宝剑集

题　　记

一

稿纸
飘下楼去
希望
飞上九天

二

世间悲剧已太多
为什么有人
还制造新的哀愁

三

晚风悄然开门
黑暗探头问

可否进

我大吃一惊
什么？你这幽灵
经过白日劳累
已精疲力竭
难道不能安享
宁静的灯光

南京地质实习散记

采 石 场

再过二十年
　　这里
一座座青山将化为平原
　　城里
一幢幢高楼会耸入云端

地质博物馆

琳琅满目的岩石
交响地球足音
恐龙的大脚印
引发无声沉思

渡江三十五周年纪念日

人说烈士殷红鲜血
曾将雨花石染过
无情的石头
为何变作商品出售

国庆首都群众游行观感

没有一字颂扬之辞
却是辉煌政绩的赞叹
没有口号式欢呼
正是舒畅心情的表现
动情地
动情地问一句
——小平您好

像母亲对孩子的呼唤
像挚友间平常的称谓
饱含骄傲自豪的疼爱
饱含同甘共苦的友情
亲切地
亲切地叫一声
——小平

如晚辈向长者请安
如同志间日常问候

包含多少尊重与崇敬
包含多少爱戴和关心
　郑重地
　郑重地询一声
　　——您好

祖国繁荣是您的幸福
民族厄运是您的痛苦
　人民永远记得您
　历史绝不会忘怀
　　庄严地
　　庄严地记一笔
　　　——小平您好

帆　船

你是船　我是帆
我是帆　你是船
　　辽阔蓝天
我们远航的海洋
　　片片白云
激起了阵阵波澜

你是船　我是帆
我是帆　你是船
　　船载着帆
漂往没有尽头的天边
　　帆引着船
驶向遥远理想的梦乡

你是船　我是帆
我是帆　你是船

别……

别
别再听
那首让人伤心的歌
多情受过重伤的心
无法再忍受忧愁

别
别再说
令人心碎的话语
脆弱的神经中枢
快要崩裂

别
别再回忆
那过去的一切
梦境般岁月
已像云烟逝去

别

别再伤悲
冬天并非只有风雪
看前方一剪红梅
正向我们招手热切

哦，我真的不知道

哦，不知道
我真的不知道
先有雷鸣还是先有涛声
先有火焰还是先有霞光
先有旅人还是先有客栈
先有团聚还是先有别离

哦，不知道
我真的不知道
世上先有鸡还是先有蛋

哦，不知道
我真的不知道
为何有人整日游戏
终年无忧无虑
有人苦苦探索人生价值
满腹忧郁穷困潦倒
有人省吃节衣到头不得温饱

有人纸醉金迷肆意挥霍无所顾忌

  哦，不知道
  我真的不知道
为什么历史长河充满泥沙的浑浊

  哦，不知道
  我真的不知道
牺牲几多生命换来一道长城
付出血泪多少方得一条教训
为什么偏要选择最艰难航线
为什么目标总那样高不可攀

  哦，不知道
  我真的不知道
浩瀚的宇宙为何没有尽头

照　片

照片上的景物
梦里依然如故
那是儿时的艰辛
那是青春的憧憬

黄灿灿的稻谷
映出童年甘苦
参差不齐的村落
镌刻少年的岁月

夕阳下沉重的铁轨
任由旅途汗水浇透
仍旧坚忍承载
游子重重乡愁

孤零零的火车头
背负身后重大责任
朝着前方目标

驱动车轮滚滚

潺潺的流水
与时光赛跑
不倦地带走遥远的记忆
不倦地流去平凡的日子

题陆凤仪像

分明城中闺秀
却带原野芳香
绿草般蓬勃生命力
又大又亮的凤眼
透出淡淡忧愁
黄的衣裳黄的耳垂
衬托富有弹性的温柔
万方仪态清新气息
任是横行海陆的霸王①
也牢牢俘于纤纤素手

---

① 指螃蟹,相片中陆凤仪手执螃蟹。

选　　择

选择
如一条狡猾的长蛇
时时噬咬我心
缠得我一刻不得安宁
选择
如一架灵敏的天平
细微的一丝干扰
就能破坏原有平衡
选择
是没有标记的三岔口
前方两条无尽头的路
是难以求解的未知数
选择
是个又青又酸的苹果
成熟后是甜的
核心仍是苦的
选择
是汪洋中一叶孤舟

强劲海风
左右它航行

漫长的人生旅程
有无数选择
前进还是后退
沉沦还是振奋
正义还是邪恶
死亡还是生存
……
经过无数选择
我将不再选择
直到无法更改的结果
灵魂归于天国

彷 徨

独自踟蹰
黄昏的马路
身旁不时停驻
长长的公共汽车
下车的乘客
如车流匆匆驶过
一刻也不停留
各自赶回家路
家家户户
开启温暖生活

独自徘徊
在繁忙马路
不知要等待什么
心中除了等待
仍只有等待
树巢中一只小鸟
正嗷嗷待哺

电话亭里一位姑娘

耐心地倾听

熟悉的声音

独自发呆

寂静的马路

捉摸不透

菊花洒脱姿态

只好彷徨

好像古往今来狩猎者

只能等待

有如碧水池边垂钓者

既有无边难言痛苦

也有收获喜悦

心

心儿太脆弱哀伤犯境了
心儿太善感忧愁入侵了
心儿太湿润爱情滋生了

如果人类没有爱情
减去多少缠绵的故事
如果人类没有感情
减掉无数烦人的孤独
如果人生不再神秘
减少不尽求索的痛苦
——与此同时
也会失去很多乐趣

心中有无数追求
心中有太多哀愁
实在猜不透个中缘由
衷心祈求静夜降临
送回被喧嚣吓跑的女神

寂　寞

寂寞时，思绪如同
一盏出行的孔明灯
漫无目的飞翔空中
寂寞时，总是怀念
酷似张曼玉的女郎
后悔没有敞开心胸
寂寞时，经常幻想
成为小说的主人公
到处都有惊人的状况发生
寂寞时，希望能像
传说的大英雄那样
时刻干着惊天动地的事情

千百次我……

小时候读哀婉的诗
如今仍写哀婉的诗
心中最美好的世界
千百次我用沸腾热血
执着地执着地呼唤你

夕阳下几座红色房子
一条奔流不息的小溪
心中最迷人的故乡
千百次我对着遥远南方
深情地深情地呼唤你

一夜陈酒苦梦骤然冻醒
满天寒风将落叶扫尽
心中最温馨的春日
千百次我在灵魂挣扎里
急切地急切地呼唤你

梦里苦苦追求的是你
醒来萦绕心头的也是你
心中最可爱的天使
千百次我从心灵深处
无望地无望地呼唤你

月亮的传说

小时候读过神话
月亮上有位美丽嫦娥
一只聪明可爱的玉兔
还有个吴刚遭受惩罚
受罚砍断一棵
永远都砍不断的桂花树

这是一个神奇传说
引得多少文人骚客对月当歌
发出人生宇宙无限感慨
引得多少人想到月球旅游
去看望吴刚玉兔与嫦娥

传说嫦娥每年中秋
都带上玉兔
到吴刚家品尝桂花酒
顺便观赏那棵神奇的桂花树
这是我编出来的传说

传说宋代大文豪苏东坡
想念其弟苏子由
写下"但愿人长久，千里共婵娟"
这是一个真实的传说

如今地球人
实现昔日幻梦
宇宙飞船送上月球
将来进一步
挣脱大自然的束缚
遨游浩浩渺渺茫茫的宇宙

黄 昏

黄昏似菩萨的紧箍咒儿
紧紧捆住脑壳
将稿纸扔进废纸篓
昂首阔步走出大楼

美艳少女踩着艳丽高跟鞋
懒洋洋的售货员没一句好话
有人在血迹旁吵架
旁边是肇事的汽车

梧桐马路卖着水果
几个精灵围着嬉戏
黄昏熟视无睹
黄昏默默无语

有人鬼迷心窍铸千古之恨
有人醉生梦死如行尸走肉
黄昏胆战心惊

悄然回归天庭

有人碌碌无为挥霍青春
有人涂炭生灵草菅人命
　　我不能放弃心底
　　祈盼光明的希冀

　　满树夹竹桃花
　　只剩寥寥数朵
夹竹桃边两位女孩
娇态可掬打羽毛球

　　能够消除烦闷
　　应是我的诗歌
　　可以化解悲愤
　　唯有我的奋斗

机　　缘

女孩女孩别哭泣
该留的给自己
该放弃则放弃
何必介意
往日受伤印迹

男孩男孩勿伤怀
向谁诉说
心中无奈
得不到的礼物
不需强求

人生就是这样
多少机缘
只在匆匆瞬间
该来的总要来
握在手中好好珍惜
该去的不牵挂

哪怕随风而逝

总想
昂首走出人群
让身后背影
印满一道道
称许的目光

总想蔑视
自以为是凡夫俗子
用莲花般的洁净
洗涤
被铜锈腐蚀的魂灵

草木风雨

大地总是冰冷
南风更加凄切
为什么为什么
世间缺少友情

哀伤充满双眸
孤寂布满心头
不明了不明了
周围飘荡冷漠

狂风中的小苗
多么希望得到庇佑
森林的爱消散
只有风雨吼叫
暴雨中的小草
无力垂头自叹
等待光明降临地球
祈盼温暖太阳

雨水冲刷大地
唤醒我心灵
顿然听得一声喊
蒙昧的人啊
愿你们和世界
一同改变

双龙集

题　　记

洁净云朵悬挂青色山巅
好像白龙马昂头向上
跃过顶峰跨越极限飞向天边

山姑学会卖笑
——有感于萨顶顶之歌

夏花是漫天飞射的彩信
秋日辉煌着那一片彩菱
冬雪收藏所有色彩
春天里翩翩起舞的彩蝶
可是梁山伯与祝英台
黎明前最后的黑夜
预言暴风雨降临
西面飘来两片彩云
双双错过甜蜜雨季
版权属苍天黄土地
纳依①汉子乘酒兴
打捞澜沧江鲜活的鱼
傣尼②姑娘曼妙身姿
惊飞山上成群孔雀

---

① 将纳西和布依两个民族名称合并,用来泛指各民族。
② 将傣族与哈尼两个民族名称合并。

情窦初开的孩子
操起千年不变的古老职业

紫菜多姿摇曳
染红桃花异样妖冶
海带怪状奇形
摇身变为李树白色精灵
水母无比秀丽
化成灿烂油菜花蕾
乌贼吐出许多毒汁
孕育油菜籽一串串肥美
珊瑚礁瘦骨嶙峋
似辽阔草原崛起群峰
深海鱼儿五颜六色
飞上数十米高树林
淳朴山妹子
啥时将卖笑学会
浩瀚海洋无边无际
恰如那高原绵延不绝

通俗抽象派

狂风拔出树爪子
海啸夺去楼根基
地震抽光动物血液
烈火烧尽山野氧气

大树砍掉几个头
黑暗中狰狞恐怖
可喜萌生鲜嫩新枝
重新焕发植物活力

电线杆好比对称的树
木棉树反像直立的柱
阳光营造美丽影子
月亮播颂神话故事

椰子树似姑娘亭亭玉立
木棉花如少女娇艳媚人
震后留下一片处女地

烈火中永生一颗真心

忽然响起奇怪嗓音
那是比人类古老的生灵
　伴随摄人魂魄歌声
那是无法兑现之隔世情

难忘的缩影
——纪念中国共产党成立90周年

曾记否——
嘉兴南湖泛轻舟
承载四万万同胞许多愁
忘不了　从此后
红星照亮苦难大中国

难忘怀——
国共携手同北伐
无论三民与马列
誓同心　除军阀
黄埔锻造中国军人新风采

曾记否——
南昌城里望秋收
血雨腥风刮上井冈山
忘不了　反围剿
忙里偷闲赏杜鹃

难忘怀——
　　遵义会议开启新征途
　　四渡赤水去复来
　　誓同心　攻铁索
　雪山草地笑傲堵截围追

　　曾记否——
　　卢沟桥上起狼烟
　　千年古都书写新篇章
　　誓同心　抗侵略
　　窑洞油灯彻夜论持久

　　难忘怀——
　地道地雷地下党威名扬
　　星星之火已燎原
　　忘不了　土琵琶
　　弹得西边的太阳落山啦

　　曾记否——
　　刑场之上举婚礼
　　铡刀底下洒热血
　　忘不了　赞红梅
　多少先烈前赴后继不回头

难忘怀——

炸药当头眼不眨

烈火焚身意志坚

誓同心　求解放

短短瞬间等同永远

曾记否——

皖南事变点烽火

燃遍辽沈平津淮海至海南

忘不了　剿匪忙

《人民宣言》响起天安门城楼

难忘怀——

热火朝天建设新国家

"两弹一星"齐上天

誓同心　当自强

无数废墟垒作新城墙

曾记否——

风云突变内乱多

到处有"地富反坏右"

忘不了　"臭老九"

功勋老帅力挽狂澜救神州

难忘怀——

拨乱反正仍需"走资派"
体制改革国门主动开
　誓同心　要复兴
华夏民族不再受欺凌

　　曾记否——
　　灾难深重旧中国
　百姓水深火热求生存
　　忘不了　做主人
实现古老理想小康新生活

如果有缘

桃花盛开孔子家园
青春气息飞扑迎面
日头①太猛月娘②太柔
北风太烈南风太弱

如果前生回眸
今生不一定擦肩过
如果前世有因缘
隔世也能续新篇

她像珠玉般圆润
他学霸王力拔山
她似泉水般温存
他要沧海变桑田

---

① 闽南语,指太阳。
② 闽南语,即月亮。

前身种下菩提树
今世结出罗汉果
前一辈子许诺言
鸳鸯也能传心愿

突然降临大雨倾盆
鱼尾棕懂得了感恩
感恩太阳感恩月亮
感恩黄土地感恩青天

盛　夏

开满黄色花朵的树下
他坐在草地上打电话
脸上写满幸福数码
哦——这季节四处飞花

拥挤不堪的车厢里
她抓紧时间背单词
空气充满迷人香味
这是到处飞花的季节

林荫小道弯曲曲静悄悄
天空飞翔七彩小鸟
地上行走苗条丝袜
这是到处飞花的盛夏

山间流出清冽泉水
传说是龙宫琼浆玉液
几分清澈几分凉意

在这个四处飞花的夏日

月光嘱托鲜艳花朵
鲜花与风儿说悄悄话
风儿到处把故事传说
哦——这盛夏四处飞花

我是……

白桦是高大伟岸的君子
梧桐是朴素无华的男人
紫荆是婀娜多姿的少女
桉树是破坏水土的妖精
榕树是绞杀同类的魔鬼
棕榈是热带精灵
槟榔是爱情见证
鸡蛋花似宝石般晶莹
夹竹桃永远妩媚温情
我是无花果那段枝
不管开花只会结果实

牡丹代表人间富贵
菊花代表高洁隐士
兰花不论贵贱高低
浓烈茉莉花注入茶水
呛鼻夜来香散发毒气
玫瑰颜色极艳丽

不断演出动人爱情
莲花染尽水塘污泥
　却出落一身纯净
最为纯正桂花香味
饱含丰收喜悦欢庆
我是狗尾巴花最后一团蕊
　默默开放深山沟里

　龙凤是千年图腾
　天鹅是仙女化身
　雄鹰是苍天骄子
　毒蛇是无畏神灵
　鲸鱼海洋中雄起
老虎称霸原始森林
孔雀拥趸无数粉丝
　豺狼亦有追星族
　我是温顺老黄牛
　犁过一春又一春
　耙出良田一顷顷

泰山象征高高天庭
南岳记载禅宗足迹
华山象征危险征程
北岳镌刻菩萨谶语
　中原嵩山塔林

安睡多少武学宗师
黄山云海铺展秀美瑰丽
掩埋瀑布奇松怪石
九寨沟若为天神杰作
万峰林则像幅蜡染图
我是一座小小山头
为美丽村寨遮风挡雨
提供充足水源负离子

长江从来都很长
黄河本来却不黄
尼罗河盼望无悲剧
永远流传美妙歌声
恒河孕育繁华远逝
佛祖思想却已永恒
中东两条大河
为何总是充满火药味
我是山间一条小溪
清澈见底毫无杂质

街上流行短裙秀气
海滩展出七彩泳衣
你有健美身躯
她有迷人胴体
上班族一成不变过日子

科学家自有不凡寻觅
乞丐安享无牵无挂快乐
君王担忧帝位更替
关注市场风云的是企业
提防狗仔队骚扰的是明星
我是孤独探险者
头脑硕大身材令人怜悯
如好莱坞塑造的外星人

内　外

山内清凉无暑
山外热火朝天
都看那鲜花缤纷夺目
都说祥云彩练当空舞
谁知道泥土
亦有七种颜色
山内生物弱肉强食
山外人们待兴百废
你在山外　我在山内

城内灯红酒绿
城外芳草连天碧
城内枯燥乏味
城外野花无限生机
城内按部就班
城外生龙活虎
城内车水马龙
城外滔滔江水向东去

我在城外　你在城内

门内被腰斩之树
才刚长出嫩芽
全被扫落地下
是谁这么无情冷酷
门外无边青翠
间中露出几片红叶
却不是三角梅
没有浑身扎手的刺
我在门外　你在门内

戏内假做真戏
戏外假戏真做
都说人生是大舞台
舞台却把人生演绎
常唱花旦的男孩
无意间透露女子秀美
习惯反串的女孩
不经意充满男子性格
你在戏外　我在戏内

都说滚滚红尘
不含一点真情
可怕泥石流

吞没多少生命
勇敢赛车手
依旧向前驰骋
无论付出多少汗血
无论前方多少荆棘
我在红尘外　你在红尘内

夕　阳

春雨拥抱湿润迷人的温馨
　刚出炉面包香气袭人
　　新酿葡萄酒可口甜润
霰雾中眼睛发射文明光辉
　滚热温泉将美食烫熟
　　汹涌喷泉与音乐齐飞
夕阳下彩云散发远古遐思
　晚霞辉映，海面波光粼粼
　　远航归来，巨轮威风凛凛
　　霓虹吻别甜美醉人爱情
　　初长成少女无限娇羞
　　游泳池月光皎洁柔美
黑夜里天使魔鬼交战激烈
　暮鼓后闹市灯红酒绿
　　警醒钟声响起在清晨
海滩上椰子棕榈交相掩映
　屋檐墙砖散发异国情趣
　　海风星光传播动人故事

春雨中那种浓浓香味
让人常常梦想直到今夜
霰雾中那头长长黑发
让人长长回忆直到今朝
夕阳下那条温馨短信
让人幽幽怀念直到如今
霓虹下红艳湿润香唇
让人甜甜回想直到黄昏
黑夜里苗条俏丽身影
让人悠悠怀想直到黎明
海滩缀满鲜花的彩裙
让人久久念想直到来春

路　　途

青山里庞大绞杀树
树上一只老练灵猴
　灵猴摇荡秋千①
　　抢走游客水果
这是怎样奇怪的感触

扶着摇摇晃晃的铁索
飘过浩浩荡荡的溪流
　迈出短短那几步
　让我走得好辛苦
一种度日如年的感受

　为了千年前承诺
　万年前擦肩而过
　各方神灵登台演出
带着上亿年修炼功夫

---

① 秋千起源于汉武帝时期的祝寿之辞，当时称"千秋"。

表现撕肝裂胆的痛苦

晨钟启航游子旅客
木鱼唤醒心头觉悟
暮鼓声声催人落泪
渺渺时空寂寞中热烈
茫茫宇宙热闹中孤独

母女俩花径上追逐
鸡鸭们布袋里哀呼
落魄时门庭冷落
得意时趋之若鹜
人生好似无常道路

弯弯绕绕九曲河水
起起伏伏盘山小路
层层叠叠天梯
回回转转往事
那是魂牵梦萦的征途

金 龟 子

一簇簇花蕾
开在烂漫夏季
疯狂自行车
闯进树丛内
健美金龟子
爬上温润手臂
天使般小精灵
飞进柔软心里

才刚炎红烈日
瞬间瓢泼大雨
纷纷躲闪不及
浇成落汤鸡
嗲嗲的声音
穿透浓密雨景
编织细密情丝
描绘无穷魅力

垃圾电话信息
破坏安宁心境
可怕虚伪风气
植入遗传基因
一场造假打斗
害得人胆战心惊
一出假意虚情
引无数热泪枉流

眼睛清澈见底
透着无限爱意
电流振荡柔波
声线扭动美臀
人间一切恶行
终究受惩戒
时空造就地球
宇宙传扬美德

亚热带生物之对话

果实与鲜花同样灿烂
美女和野兽共享晚餐
蛤蟆与天鹅结成伙伴
青蛙对绿叶表白
你是我千秋的等待
蝴蝶对花蕊宣言
你是我万代的期盼
蜜蜂面对花朵鲜艳
立下恶毒誓言
你是我百年的思念
飓风连接太平洋两岸
飞鸟与美女悄悄话
我是恐龙后代
你是神龙最爱
我们本来门当户对

一夜不停的北风
刮起久远回忆

撕心裂肺鹤唳风声

宣告夏天远逝

肝胆俱裂的秋雷

预报冬雪降临

闪电划过黑夜

整日迷雾化为大雨倾盆

牵肠挂肚的生灵

恐怕唯有人类

绿色灌木丛

享受和煦阳光

少见的紫色树叶

懒懒地随风飘动

从你嗲嗲声音

透出欢快笑容

你的短信能

看出生气模样

接住绣球般粉拳

愿和你共浴海风

愿为你冒雨前行

愿为你遮挡烈日

愿和你同攀险峰

因为你是

上天对我的恩赐

十二生肖

老鼠骗了猫
当上第一生肖
从此结下深仇
世世代代不休
老牛太憨厚
方能与老鼠交好
下山的是猛虎
飞天的是玉兔
猛虎不吃猪
玉兔冤家是小狗①

蛟龙飞舞
在天宫在地球
在海洋深处
鸡有凤的姿态
成为龙的相好

---

① 兔和狗既相合又相克,故称冤家。

灵蛇羡慕
蛟龙风采
一会儿入水
一会儿上树
相好的是灵猴

马是草原精灵
羊是草原宠儿
它们不仅相生
而且相合
骏马健壮爽直
不爱狡黠老鼠
羊们倔强无比
与牛争夺领地

猴子灵活
可降服老虎
雄鸡高歌
吓坏了小兔
天狗满心嫉妒
对蛟龙不服
肥猪喜欢睡懒觉
讨厌蛇们打扰

小猫烫掉半身毛

把仇恨充满
眼睛哀怨
人心险恶歹毒
在安静小路
着实不忍打搅
谈情说爱的小鸟
只有火红柿子
野牡丹深紫
唤醒童年记忆

"谁持彩练当空舞"
——为收藏品市场而作

旭日辉煌朝霞辉煌
多彩牡丹国色天香
领袖光芒灿烂
赤子丹心一片
歌颂大好河山

金色落叶舞蹈
陪伴金色水稻
泰王三连体纪念钞
预示美丽地球
彻底告别封建王朝

春风细长念想缠绵
轩辕图腾依旧雄健
巍峨长城不老
黄色衣裳青春年少
好似油菜花烂漫

绿色是生命符号
　北京奥运商标
　大漠化为绿洲
　红旗向太空招手
　奇迹不断创造

　青色代表苍天
　墨黑象征泥沼
　印章镌刻诚信人权
　和田白玉狂飙
　俺是青山骄傲

秋雨潇潇落木萧萧
　蓝色霓裳街道
　像极了孔雀钞
　天坛与白石齐老
　都是华夏国标

　远古十二生肖
　掀起逐浪热潮
　建设崭新大中华
　紫荆花久违了
　心中永远的鲜花

熊猫唱响古老歌谣
即便雪花飞飘
内心充满自豪
纵使夜色如霜
前景皆是阳光

舞　蹈

一只硕大蜗牛
经不起晚风劝说
与月色的诱惑
离开草丛庇护
出来将美食享受
心中有一句话
无法说出口

备受摧残的果树
默默忍受
胸中无名之火
努力萌生绿色蓝牙
却一遍遍遭受
无情砍伐
喜怒无常的母狗
让人捉摸不透
传说她一心护犊
对着路人叫吼

整日间狂躁不休
芳香的奶油
开放于花园四周

蜜蜂热爱鲜艳花朵
甚至飞上阳台
到达顶楼
小虫喜欢黑色泥土
尽管里边藏污纳垢
棕榈树妩媚起舞
阳台上俏丽婀娜
霸王椰挺拔伟岸
灯影下雄浑矫健
内心有种感触
却难以表述

美丽的蜻蜓
舞在田间草丛
飞机翱翔空中
闪烁五色彩灯
似天上星星
一个健壮男人
挺起健壮胸膛
倚华丽栏杆
将名车阅遍

飞机赶超月亮
云朵掩盖星光
才刚交汇
转瞬劳燕分飞

月宫很近很近
好似就在楼顶
一个偶然的夜晚
迫不及待地初吻
想起迷人邂逅
许多情感不能喊出
长久思念无处倾诉

无边无际的落英

川流不息的江水
川流不息的车流
无边无际的彩菱
无边无际的落英

月亮躲进厚厚云层
姑娘藏入茫茫人群
我的大脑一片空白
只剩无边无际的乡情

皑皑莽莽的云彩
莽莽皑皑的林海
无边无际的彩菱
无边无际的落英

曼妙多姿紫牡丹
描绘冬季的春天
雾气腾腾温泉

制造滚烫温暖

星星点点荧光
点点滴滴油灯
无边无际的彩菱
无边无际的落英

月亮躲进厚厚云朵
姑娘藏入茫茫人海
我的大脑一片空白
只剩无边无际的落寞

汩汩不息山泉
汩汩不息思念
无边无际的彩菱
无边无际的落英

不说一句再见

不说一句再见
从此不再谋面
忘了所有欢颜
食尽一切诺言

奶油味花香
消亡夜空中
紫红色思念
已化为彩虹

不说一句再见
从没见面直到永远
追求新梦幻
寻找新理想

花瓣掩埋叶儿
紫红欺凌绿色
无数热切盼望

化成寒冷冰霜

不说一句再见
从此不再见面
　直到永远
　直到地狱天堂

生姜激励神经
菊花绽放水印
带着紫红色哀伤
昂首阔步向远方

不说一句再见
不再见面永远永远
　追求新梦幻
　寻找新理想

紫红花瓣满天
遮盖满天忧伤
无数烦恼愤怒
随着花瓣漂流

不说一句再见
从此不再谋面
忘了所有欢颜
食尽一切诺言

杨花飘雨

雨花飘扬
演奏华丽乐章
雷电轰鸣
唤醒远古精灵
草丛疯长
把无数思念埋藏
莺歌狂飞
将所有诗情吞灭

含苞漫长
都为灿烂的绽放
森林无边
成就明天的栋梁
一条条短信
伴随白雾迷茫
一次次失望
淹没热烈幻想

杨花飘雨
飘落满地思念
藏獒怒吠
追赶太阳光芒
广寒宫殿内
嫦娥携玉兔长逝
月桂树影里
吴刚把繁星点缀

个性张扬
他能叫江河改向
张扬个性
你可让高山更名
个性张扬
满山红叶会疯狂
张扬个性
泪水能冲垮长城

雨花飘扬
太阳收敛光芒
无法遗忘
红叶迷人的辉煌
杨花飘雨
柳枝充当伴娘
难以忘却
雨中那一剪红梅

远方集

题　　记

身体走向远方
美食美味尽情品尝
歌声飘向远方
风光景致铺设眼前
心灵飞向远方
理想梦想终将实现

忘·想

怎能忘
月亮湾那个弯月亮
怎能忘
细雨中火红的花伞
怎能忘
清晨飘荡站台的彩裙
怎能忘
午夜陶醉深情的香吻

真想真想
与河豚共游大江
真想真想
随海浪远渡重洋
真想真想
和苍鹰搏击长空
真想真想
伴知己浪迹天边

不能忘
美味佳肴良辰美景
不能忘
滔滔河水莽莽山峰
多想多想
共白云约会春风
多想多想
携春雨滋润生命

不能忘
曼妙身姿舞步
不能忘
甜美笑容歌喉
多想同你携手
穿着杏花去郊游
多想同你齐心
点燃那万家灯火

奶 油 香

一朵鲜艳红花
绿叶丛中独自开
鸡蛋花美丽
绝非鸡蛋可比
黄色如蛋仁
白色如蛋清
更添奶油滋润
红色如彩带
点缀锦绣图画
更有多种颜色
如同纷飞彩蝶
彩色小果实
唤醒少年记忆

激情澎湃瀑布
似流动宝石
纯洁无瑕潭水
似温润翡翠

桂花芬芳
为空气注入清新
古老铁杉
与竹海交相辉映
营造无限风光
兰花呈放射状
散发奶油香
沿着红军走过的路线
火把相连直到天边

姑娘背着小男孩
猫狗跳跃不停
野花不知名
气味难闻色调五彩
紫色是童年梦境
粉色是少女憧憬
乘坐热气球
观赏云朵之上的辉煌
希盼美好生活
实现瑰丽梦想

大山狂想曲

为什么美酒如此甘甜
清澈泉水洗涤了大山灵魂
为什么声音如此纯净
天赐嗓子没遭受任何污染

漂染民族风情的衣裳
悬挂大山之间
接受春风涤荡
接受星辰检阅
接受月光洗礼
接受太阳熨烫
战胜严寒酷暑和秋霜

歌声高亢如行云
身姿柔美似流水
象帽舞出天下之本
手鼓击响农家之乐
五花肉可口美味

五花山绚烂无比
　　人参价格如界碑
　　岿然不动长年屹立
　　曙光初射浓雾散去
　　收获山珍无数
　　迎接朝霞的边防战士
　　巡逻在银装素裹里

　　天池与天空同样纯洁
　　洞水和草原一般碧绿
　　水滴雕刻美妙作品
　　时间显得非常宁静
　　碧玉般河流
　　孕育肥嫩光滑的林蛙
　　金灿灿冰谷
　　酿造蜂蜜般甜美冰酒
　　五彩树林根底
　　埋藏无数宝藏
　　野山参艰难寻觅
　　林下参腰缠万贯

　　谜面般的花山岩画
　　屹立明江之畔
　　经历风吹雨打
　　经历雷鸣电闪

经历无数朝代

经历战火硝烟

千年万载容颜不改

为什么宝藏如此丰富

因为脚下有肥沃的泥土

为什么天空如此纯净

因为胸中有美丽的心灵

草原狂想曲

为什么草原变成荒漠
狂躁风沙无数次地入侵
为什么雄鹰蒙上眼睛
人们需要捕捉生猛野兔

他们与狼共舞
血液中流淌野性基因
她们与马同生
马奶子滋养无数儿女
十岁少儿驯服狼狗
态度从容不迫
百岁老人爱看新闻
生活波澜不惊

姑娘追赶小伙
皮鞭轻扬表达娇羞
湖水泛起波澜
落日余晖映出霞光

浪花向草原示爱
衬托圆满秀美蒙古包
敖包祭表达思祖情怀
芳香园盛开白色薰衣草

汽车开进草原森林
伸手仿佛触摸白云
运载天池如行走天宫
两座山峰似驼峰
两只笑容可掬的恐龙
搭起奇妙的城市之门

旺盛的圣泉
让海市蜃楼变为现实
质朴小草
焕发出旺盛生命力
白云点缀山城
绿色扑向天穹
雪山冰水洗去盐碱
沙漠终于改变模样

绸缎般柔软的草原
珍珠般宝贵的牛羊
雄鹰飞腾在广阔天空中
驼铃摇响在古丝绸路上

夕阳下大雁远行
　草原上紫苏怒放
美丽姑娘制作奶油薄饼
祝远方客人一路好运

为什么沙漠还原成绿洲
勤劳的人灌溉着幼小树苗
　为什么雄鹰翱翔远方
无边苍穹发出野性的呼唤

七十二变化

庄重肃穆的界碑
守卫国旗庄严无比
雄鹰为你展翅高飞
骏马为你奔腾万里
昔日荒凉的戈壁
化身现代化新都市
烈日下沙漠滚烫
红柳欢送战士启航

雪山哨所催人泪下
几代营房迎来送往
度过无数春秋冬夏
道路经常遭遇塌方
胡杨木做成小舟
将无数鱼儿捕捉
美丽江水温润如玉
阳光下泛起粼粼波光
好似无数金子

点缀翡翠般水面

最可爱的是那小白杨
傲雪凌霜守边防
铭记所有戍边战士
传唱一切丰功伟绩
马头琴不再忧伤
江格尔后继有人
树林如青蟒爬上山顶
泉水似白龙奔向荒原
山里有湖湖里有山
城中有海海中有城

夫妻哨所令人感动
心甘情愿守边疆
眼睛没有委屈烦愁
内心战胜无数落寞
满怀光荣责任
豪迈奉献精神
冒着风雪严寒
心中无悔无怨
五星红旗因你自豪
国境界碑为你骄傲

雅丹地貌神奇雄伟

要与金字塔相媲美
钢筋水泥新楼房
和草屋共存并列
河水冲垮古城墙
只留怀古幽情
边关小城的生灵
下班踏着月光
弹起大弓般乐器
展示妖娆的舞姿

东方第一哨充满骄傲
迎接第一缕阳光
雾气如滚滚浓烟
折射出钻石般光芒
森林边湖水五彩斑斓
白雪中枫叶更加辉煌
界碑见证发展
界江像条纽带
达子花香随风跨越界江
国旗飘扬着血染的风采

古代繁华的黑水城
已被黄沙掩埋一半
昔日戈壁滩
变成熙熙攘攘的边关

黑水河再次改道

海子①重现众多水獭

木刻楞长出青苔

红砖瓦展示新颜

往日黄金古镇

变成旅游美景

庄重肃穆的界碑

守卫领土庄严无比

让黑熊为你舞蹈

东北虎因你咆哮

昔日干燥的荒野

化身现代化新城市

暴晒后道路滚烫

雪松欢迎战士凯旋

---

① 海子,即湖泊。

那河那坡那梨

明江两岸风光明媚
岩洞葬礼今不再
水牛拉着竹排
横渡潺潺溪水
那河那坡那梨
收获无数松脂
还有八角独特香味
沙棘果同杏子金黄
一个辛酸一个甘甜

千年不断的界河
半年走人半年流水
塔城独特红塔①
一条绿色拱廊
和大山回音对话
与草原共同成长

---

① 塔城是地名,红塔是其标志性建筑。

无忧花火焰般热烈
　叶子功效神奇
　桄榔树制凉粉
未婚小伙不能碰
　桫椤树叶好似梳
谁知是恐龙食物

鸡蛋好似水泥
牢牢黏合一座大寺
　丹霞地貌大峡谷
　造就"黄金之吻"
　钟声尘封千年
　石窟风采依然
生命力顽强的梭梭①
　抵挡城外漫天风沙
　无边无际草木
随意生长惬意非常
　美丽夕阳下
　黑木耳披上金光

松萝飘着白色大胡子
　检测绿色环境
　黑加仑一望无际

---

①　梭梭：一种植物的名称。

水晶一般剔透晶莹
千年不死的胡杨
死而不倒又千年
倒而不朽再千年
漫山遍野的麦田
像起伏不平大天台
收获波澜壮阔金色海洋
麦子在脚下翻滚
丰年喜悦油然而生

大美西藏

(一) 走出深山

乘坐简易的牛皮筏子
渡过古老的江水
到达喜马拉雅山北麓
那里有位美丽的仙女
她的内心圣洁而柔美
还有静静的玛尼堆
圣湖与蓝天同辉
美得令人心醉
艳阳和暴雨交替
更加充满神秘
大地母亲赋予雪域
不只沧桑还有柔媚

神山露出真容
好似塔形水晶

迎着金黄色的晚霞
去寻找壮观的土林
观赏时光雕刻师
的高明技艺
物物交易至今犹存
邦典和卡垫非常迷人
在高耸的王城之顶
十万佛塔普度亿万浮生
温泉与雪山和平共荣
古老和现代交替传承

走出大山深处的森林
穿着浓烈民族风情的衣裙
从结绳记事的远古时期
直接进入网络世纪
牧场深处的风马旗阵
五彩经幡迎着神风
蓝天白云与黄土
红火焰映着绿水
仙女用舞蹈证明
大自然才是真正的主人
用纯洁甘甜的声音
祝愿一路好运

（二）触摸现代

翻过山口
越过湖泊
冰川如天上瀑布
从草原直挂天际
只能适合天使居住
祈求佛祖恩赐
耐严寒的农作物
创造繁荣与富庶
展示观世音的慈爱
圣洁珍珠千年不改
文成公主教化民俗
留下美好的古老传说
唐卡和漆画无缝结合
神奇美丽又巧妙
大江礁石犬牙交错
街边摆满冬虫夏草

数不清的千年古墓
留下团团迷雾
太空有条银河
群星璀璨光耀宇宙
地球有条天河

奔腾不息波澜壮阔
曾经繁华的古王国
只剩一堆墙土
与无法言表的千年悲苦
吹响佛祖用过的白海螺
生活更加幸福
河山更加辽阔
古老的旋舞
旋出一个美好的新国度
姑娘用泉水般的歌喉
歌颂现代化新生活

高原上的山包
屹立威武的古堡
无数油菜
围绕着她开花
当代独行侠
骑着摩托走天涯
扶着桥上藤网
渡过大江和大浪
佛父慈悲
佛母智慧
佛祖菩萨无所不能
用舍利子保佑众生

银色冰川把舌头伸入湖内
 与绿色田野交相辉映
这是精神享受的古老地界
这是物质丰富的崭新生命
 和汽车赛跑的野藏驴
 美丽动人充满活力
 灵巧中透出股聪明劲
 生命力顽强的岩羊群
 辛劳地寻找食物
 还有骏马牧狗与牦牛
 衬着纯洁无瑕的草坪
 真像梦中仙境

 谁知高原遭遇雨水
 院墙之上开满鲜花
 彩色屋顶更加艳丽
 松鼠般毛茸茸的野山菌
 跟随藏香猪就会有收成
 手掌参脆甜又白嫩
 煲成石锅鸡美味诱人
 珞巴汉子的歌声
 如同雪山水纯净
 伴随天籁般的声音
 祝您一夜好梦

（三）展望未来

肥美的水上庄园
狼毒花盛情怒放
我们长年住在白云边
姑娘语气非常自满
不亲身体验
没有发言权
不走进大山
怎能发现大美西藏
背靠青山
紫红色房子非常耀眼
白云之下
海蓝色屋顶媲美蓝天
无数宫殿化为残瓦
许多王朝不再辉煌

美丽富饶的大草原
是太阳的专用宝座
九座姐妹般雪山
好似云中天堂
奔腾的雅鲁藏布江
制造心灵震撼
乌云下的断壁残垣

纪念烈士英勇悲壮
鱼背状的巨石上
流出一条水槽
喝完九杯神奇山泉
吐出满腹辛酸
顿时神清气爽
疾病踪影不再现

牛皮做绳丝绸为线
狼毒纸写成经典
城堡式的庞大寺庙
无数经书堆成高山
规模堪比西天
五千年以上的文明
拥有无数巅峰
五千米以上的高原
云彩不断变幻
蓝天白云搭起迷人幕布
在广阔无边大草原
跳起自由欢快的堆谐舞
祈愿一路平安

紫色狂想曲

紫泥脱胎换骨
变成精美茶具
吃着农家饭
赏田园风光
眼耳鼻舌充满
大自然滋味
到处都有一线天
洞中还有一线地
小镇也有一线天
那是绿瓦下的粉砖墙壁
烟雨长廊雕刻壮观
草原蓝天融为一体
内心充满感叹
时光已经静止

紫玉千秋万代
不改温润色彩
额河奇石低调

酷似山水泼墨画
戈壁玉张扬
玲珑小巧满目金黄
葡萄红得发紫
每一粒晶莹饱满
一河一天地
一石一世界
登高览尽三国景致
美景目不暇接
界河来自三江汇流
分开不同家国

紫金千锤百炼
化身锣钹鼎缸
春秋战国编钟
奏响盛世华彩乐章
晶莹剔透水晶
映亮人心美好真诚
三角形界碑把三国玩转
蘑菇草房早变成砖瓦房
雨中散步花园式黄金口岸
空气中带着泥土芳香
异国女郎热情似火
好似那紫红色火龙果
跨国婚姻在边境线上

美丽花朵般竞相开放

有一种香菜叫紫苏
有种鲜花也叫紫苏
前者可做调料
后者可做香料
无边无际薰衣草
成就人间无数香艳
造化师把彩盒打翻
染成群山美妙
湖水恰似蓝宝石
镶嵌美丽群山间
形状奇特库布孜
奏出深沉优雅乐章
南方威武小长城
守卫来自天上之大江

火山上的生物

为什么茶叶充满清香
千年茶树喜欢白云蓝天
为什么香味如此霸道
青山绿水吸收天地精华

火山爆发无比恐怖
毁灭生命无数
十山九无头乃奇观
热气球空中飘荡
生命创造新奇迹
重新占领火山熔岩
演绎生动传奇
展示生物进化程序
阿尔山火车站
度过一段旧时光
青春健美女骑警
构造人文风景
蒙古长调响彻长空

泉水流淌骏马奔腾

在那遥远北极村
拥有美丽北极光
火山口空气清凉①
养育茂密地下森林
玄武岩上种植水稻
温泉池中煮熟鸡蛋
岩石像蛤蟆张嘴
喷出滚滚热水
蒸汽腾腾似莲花
凝结白色泉华
充满气孔的火山石
声音如鼓用处多
桦树皮做酒具
无法拒绝美酒诱惑

藏原羚裸露白色臀部
奔跑速度快过狡兔
羊毛可做被服
羊粪能当燃料
黑颈鹤举止优雅
只能远观不可近察

---

① 空气清凉，说明湿润荫凉有水分。

白头叶猴难觅踪迹

东北虎撕裂可怜的鸡

美丽芦花飘荡

黑瞎子出没其中

昔日雷场变市场

成功者为龙

失败者是虫

亚麻油散发浓香

小鱼像牛尾巴一样

新鲜而细嫩

大马哈上百斤

不愧鱼中之王

原本鲜美鱼皮

做成柔软皮衣

穿出酷酷感觉

与赫哲人的想象创造力

新疆北鲵像仪器

测试环境优劣

脑袋如青蛙

叫声似娃娃

拖着长长尾巴

在"妈妈"手中安然无恙

夕阳下小城

美丽整洁又温馨
妩媚旖旎夜景
吸引多少游人
鄂伦春摩苏昆
说唱演绎精彩故事
玛纳斯为您唱颂
猎鹰部落英雄史诗
英雄史诗在歌声中
不断传扬更新
姑娘甜美歌声
诉说大海般深情
太阳的红晕
好像佛光一轮

为什么大象喜欢雨林
如水民族永远充满爱心
为什么品德如此高尚
善良人群喜欢居住高山[①]

---

① 仁者乐山,智者乐水。

彩云下的南山坡

陶公名篇长久流传
桃花源村至今犹现
柳叶舟不载许多愁
　载得动
　满眼美丽风光
猪槽船不运槽与猪
　运满仓
　金色秋天成果

（一）壮乡风光

将版画放大
成当代壁画
美丽了黑瓦白墙
丰富了绿色农乡
彩墨版的山峰
以水面为镜
绵羊似的白云

将绿原陪衬
边境村庄美丽
使人呼吸窒息
青草掩映旧国门
无数枯黄无数青

古老洞经音乐
传颂动听的远古美
新做牛角二胡
演奏忧伤的思乡曲
天下第一部图载歌书
抒发情怀无数
小小男儿
拉动巨大弓弩
倒爬花杆
展示智慧勇敢
听数抱团
尽显当代浪漫

（二）哈尼仙女

峡谷作为国界
山泉汩汩不息
这是真正的一衣带水
吊桥横空高悬

俯瞰热带雨林

犹如靓丽的空中走廊

河谷上哈尼梯田

宛如大地雕刻作品

茂密森林下的村庄

好似水墨画出袅袅炊烟

美丽哈尼族仙女

将芦苇手杖变成参天大树

可爱白鹇鸟儿

带来瓜果蔬菜稻谷

猪肝卦预兆来年丰收

桫椤树是雨林王子

勇猛向上迎接阳光

串串白花艳丽无比

向往自由仰望星空

闭上美丽凤眼

尝试营养丰富蚂蚁蛋

青竹做成长长吸管

饮用大大坛子米酒

心情无比陶醉

牛体上彩绘

有如毕加索再世

将豺狼虎豹全吓退

打猎时候
男女老少齐出
连同大大小小猎狗

（三）傣家风情

红瓦金沿屋顶
象征傣家民族风
菠萝灯与孔雀争辉
大象雕塑极逼真
月夜下大西瓜
消灭酷暑许多无奈
所有器官鲜活起来
风情似水多姿多彩
圆圆小雨伞
衬出窈窕身材
装水的竹筒
展现傣族姑娘勤劳
简单的舞蹈
表达内心世界光明

孔雀舞美丽阴柔
颂扬幸福生活
马鹿舞奇特阳刚
祝愿康寿吉祥

金色乐器如二胡琵琶

又拉又弹声音美妙

年迈老人手拍脚踩

制作古老精致的傣陶

看一眼

就会很喜欢

来一次

竟不想离去

（四）拉祜民歌

传统茅草屋里

弹奏传统拉祜乐器

吉他弹出古老情感

不想和你说再见

历经百年的基督教堂

掩映在茶山树丛中

拉祜族唱诗班

民族方言把圣经歌颂

外族面孔充满异国风情

古色古香记载岁月沧桑

茶叶可作蔬菜

"螃蟹脚"是唯一药材

驼铃远遁马帮不现

只剩漫山遍野茶香
茶马古道留下感叹
富丽堂皇使人震撼
我们用脚步丈量历史
宝塔用金光回应天宇
佛国文化深邃遥远
带给世人宁静安详

（五）古老佤寨

数千个牛头的圣地
叫心灵产生战栗
数百年茅草屋
尚存多少奇特神秘
巨大木鼓拉进村庄
远古召唤空中回响
云雾缭绕的地方
观赏最美丽黄昏
佤王宴极其丰盛
馋得猫咪圆睁双眼
酒歌无比动听
陶醉不胜酒量
甜润舌头将苦茶品尝
围绕永不熄灭之火塘

吸尘器有奇思妙用
　　把香蕉袋抽成真空
　　　一望无际香蕉园
　　促成快乐无邪笑容
　　　　都知道沙头角
　　　　有条跨境街道
　　更奇特是跨国村庄
　　六千玉石铺成国境线
　　跨越国境者不只山林
　　还有江河湖海及瀑布
　　与流水潺潺的峡谷
　　既有瑰丽跨国溶洞
　　　又有走读学生
　　　跨国婚姻家庭

　　（六）德昂的服饰

都说香港银行多过米店
芒市玉石市场多于菜市
　谁说有价黄金无价玉
　玉市日成交额超亿元
　"千金散尽还复来"
　绝不只有诗仙李白
　　至今仍不断上演
　　　在那七彩云南

爱美的民族
制造美丽衣服
送你多彩头饰
送你银色腰箍
送你鸟叫虫鸣般歌声
送你欢乐喜庆的群舞
送你到大村口
送你依依不舍之友情

（七）景颇的宝刀

一种蕨类植物
竟能长成参天大树
好似撑开一把大伞
遮挡炎炎日光
夹竹桃有毒的妩媚
三角梅带刺的灿烂
经过了千锤百炼
宝刀削铁如泥
变废为宝的魔术
造就天价翡翠

白鹭优雅从容
漂亮地划过天空

雾中小山村
十里不同天一年有四季
田野如翡翠那般迷人
小城像珍珠一样精致
为什么宝刀随身佩带
英俊小伙抵御毒蛇恶豺
为什么一路情思无数
和美丽姑娘饮下同心酒

（八）文面的独龙女

滚滚滑轮与长长溜索
连接两个宇宙
独龙女不再文面
藤篾桥依旧度人
凶猛东方神犬
胜于九头恶狼
杜鹃醉倒湖中鱼
熟练老熊趁火打劫

石头城月光如银
青稞茁壮成长日月同辉
白水台金光闪烁似鱼鳞
纯白如脂温润如玉
神秘的东巴文字

记载英雄业绩
大龟山有最大转经筒
感谢神佛恩赐

（九）梦境般的地方

这是神奇的地方
种下杵棒都能生长
这是美好的季节
雀形花开放在端阳
半山坡上的小村庄
营造人神共住的地方
整条怒江都是酒
成就温柔多情的民族

波澜汹涌的怒江
空谷轰鸣惊涛拍岸
奇妙的石月亮
是山神空中加油站
悬崖峭壁凿出茶马古路
不断演绎跨国情愫
公路沟通心灵与外界
彩虹迎接远来的贵客

海洋畅想曲

为什么海面竖有石帆
勇猛海神用来剪裁海风
为什么海底会有花园
绚丽珊瑚竞相绽放生命

海边神奇的仙人井
白浪翻腾声若洪钟
十字形交叉的波浪
界定冷暖划分绿黄
细腻沙滩温柔了海浪
深邃盐水滋养了海贝
红树林涛声里成长
火山石细沙中磨砺

花岗岩层层叠叠
接受水与火洗礼
时而精雕细琢
时而大刀阔斧
玄武岩整齐排列

海浪中巍然屹立
横像壮观竹排
竖如威武炮台

同称断桥头
记载不同的历史传说
一样的边城
映照别样的异国风情
银杏装饰满城金光
海鸭见识广阔海洋
沙虫验证优良环境
渔网捞起无数希望

五米长独弦琴
奏出丰富多彩声音
邀请海神驾临哈亭
袅娜京族哈妹
载歌载舞婀娜多姿
奉劝精灵共进美酒
希望高跷捕获大鱼
祈求大网收成丰厚

为什么海味如此鲜美
浩瀚海水吸收宇宙精华
为什么海水如此深邃
无数生命演绎时空精彩

山 音 海 韵

山林烘托奇葩
海水开出浪花
用古老印刷技术
描绘当代神话
江河与大海交汇
水产品无比肥美
青虾黄蚬梭子蟹
引发许多口水
被称为小人仙的蛏子
鲜活无数味蕾

桃花召开盛会
修成美丽桃花仙子
传说那里的仙果
每年均由王母娘娘订购
夕阳下大海滩涂
清新着世界最长木栈路
与瑶鱼共起舞

在亚洲最长海底隧道
海象憨态可掬
潜水员和海豚一起畅游

光线是魔术师
建造海市蜃楼
让海水蓝得发紫
从浅黄金黄到碧绿
安静的鸭绿江水
见证难忘历史
设施完善的中小学
怀念无数英烈
八角井哺育万代无干涸
菩提树屹立千秋不枯萎

新筝更胜古筝
谁说广陵散已成绝唱
中国式交响乐团
演奏在金色大厅
蓝天纯净空气清新
树叶衬托彩色屋顶
宁静而充满生机
在五颜六色的早晨
虽说獐子没了踪影
亿万扇贝不断长成

城市和山海交汇
自然与人文荟萃
绿树将蓝天碧海当背景
白浪以沙滩礁石为乐器
清新凉爽海风
有如生命发动机
天庭美景不过如此
开放时尚多情浪漫新城
引得至高无上的玉帝
将那海龙王妒忌

广场上千双脚印
记载历史声音
建筑展现异国风格
新型城市在此会客
有轨电车复古怀旧
体会穿越时空的感觉
模特学校成新景观
时尚靓丽敢穿爱穿
台上光鲜艳丽
来自台下努力几多倍

穿上笨重铁鞋
海中寻找盘鲍扇贝

海洋能源开发方兴未艾
"水底银行"增殖有方
雨水滋润着地里庄稼
渔季丰收着千年鱼庄
海滩铺上红地毯
荒漠变成大粮仓
丹顶鹤闲庭信步
芦苇散发不绝如缕清香

从那凌晨云雾
长城逐渐拉开帷幕
别样的温柔细致
别样的宁静喜悦
山路从瓜果棚里穿过
路灯在太阳能下"点"着
驴子安静吃草
人们笑容灿烂如苹果
蜜蜂把苹果当成花蜜来采
马儿将海滩作为驿道去走

海洋进行曲

潇洒的风筝
凭借东南好风
似翱翔雄鹰
吹着口哨强劲
奏着空中交响
古老护城河
喷出现代音乐
射出艺术灯光

秦始皇东门口
至今仍有石将军把守
前方是无限延伸的道路
东海边花果山
黄色竹子映衬水帘
海浸石奇形怪状
正是猴王诞生的地方
时而仰天长啸
似雄狮卧岗

唐太宗旧营房
培养年轻女子采油班
孙武故里
制造鼎鼎大名的齐笔
北洋水师基地仍在
东洋鬼子狼心不死
威风凛凛航空母舰
向游客敞开博大胸怀
连绵不绝海岸线
展现时间厚重和力量

太阳从海面东来
准时与战士们一起操练
竹片旋转滚灯几百载
海坝护卫盐城上千年
天下第一码头
三千年前皇家粮仓
打麻将原本为了打麻雀
晚霞透出成熟的绚丽
在威武的巡逻军舰里
播放柔情的《军港之夜》
长江口海风劲吹
凉了刚熟的饭菜
成就钢铁般意志和战斗力

钱塘潮涌动月亮情思
大运河流转不绝活力
白娘子绸布雨伞
好像透亮竹筒
镇海铁胜于金箍棒
黄牛革做成皮影
闹龙宫传唱千年
画舫红船犹存轻巧风韵
烟雨楼台见证红色大浪

海洋小夜曲

柿子挂满枝头
宛似小灯笼剔透
照得满村金黄
柠檬嫁接佛手
结下黄金般果实
寸草不生盐碱地
成长无数蔬果
茄子青椒西红柿
瓜果很甜无污染
棉花球细白柔软
水煎包满口流香
土豆烧牛肉不算什么
油炸西洋参方为美味

黄色领航鱼
巨大鲸鲨和平共处
号称四不像的麋鹿
集体就餐成群结队

红色特别恐惧

喜欢绿色白色

三十九座雕像

在湿地自由繁衍

和芦苇共同成长

滔滔黄河入海口

打造鸟类国际机场

海河夜景璀璨流光溢彩

精雕细琢浓郁奔放

布料刻成彩色雕塑

头发绣为鲜艳花朵

年画看的是人物

人物看的是眼睛

眼睛看的是神韵

透明千年冰

如水的精灵

洁白盐晶

雕作白玉般作品

空气中溢满咸味

秋阳下乘坐马车

徜徉五光十色万国建筑里

山花开放古老华丽的屋脊

古老戏剧当代电影

一起下乡广受欢迎
在宁静海湾坐山听风
跳蚤令人生厌
跳蚤舞优美灵活
渔家号子抑扬顿挫
流传千百年
大象形状的山口
渔港闪耀无数光芒
渺小的舢板
在无边大海搏击收获
充满灵动生机
远东第一灯塔放射渔光

市场卖菜摊
不懈地传出悠扬评弹
昆山教室童声稚嫩
婉转着昆曲千古绝唱
陈旧蚕丝仓库
与高楼大厦和平相处
街区清净战斗无声
龙窑古旧紫砂质朴
巨大商城好似迷宫
牛皮引领世界风尚

排骨有风味泥人有韵味

惠山大阿福如意吉祥
海水中收获喜悦
大棚里种植希望
驾牛车采文蛤
乡土林间传承田歌
桃李杏杂交
大头菜有萝卜味道
竹海鲜笋
长出西溪宁静
一百多条弄堂
三轮车自由通行
大气淳朴新奇传统
黄海之滨渔民们
住进别墅群

多彩的赞歌

(一) 我从梦中出发

我从梦中出发
送行的是丁香花
梧桐叶热切拥抱
阳光明媚　真好

我在梦里饮酒
高粱籽结满穗头
蜜蜂采蜜辛劳
铁树开花　真好

我在梦里遨游
一种奇妙植物
结果在前开花在后
果实丰硕　真好

我在梦中彷徨

无边森林灿烂辉煌

祈祷没有烽火

远方有家　真好

我在梦里下海

水面许多烂木头

生长无数鲜蚝

牡蛎甜美　真好

我在梦里登高

草原上神奇的麋鹿

列队横跨天路

河山壮丽　真好

我从梦中醒来

回想夕阳古炮台

残留甲午烟硝

祖国强盛　真好

（二）我愿……

杨花飞扬

似一团棉絮

棉絮中许多籽

饱含无数情思
在多情的春天
我愿和你一起飞翔

雷雨季节
奇花烂漫无邪
岛屿当城海作街
渔网收获喜悦
在欢庆的节日
我愿和你一同结籽

凶悍嗜血的鬣狗
将可怜的绵羊叼走
考拉来到中国
惊奇有毒食品之多
在多思的金秋
我愿和你一起降落

上苍降甘霖
好雨生百草
前人植树在小村
后人乘凉在大道
傍着绿水舞蹈
我愿为你奏起天琴

茴香豆嚼出酒香

传诵鲁迅不朽篇章

英雄战死在沙场

我们享福在沙滩

对着白云歌唱

我愿为你弹响地弦

（三）你好！

你好！雪莲花

圣洁清雅令世人崇拜

仙女的梳妆镜

怎会遗忘在雪山顶

心中热恋的姑娘

何时能再和你相见

你好！大田螺

雨后天气好乘凉

香喷喷的海鲜生煎

鲜美汤汁溢满舌头

无限热爱的故乡

梦里时常回到你的车站

你好！霸王椰

笔直地守卫道路

秀丽多姿棕榈树
臣服你的伟岸神威
多年未见亲朋好友
多想握紧你双手

你好！小青蛙
井外天地无比广阔
多种颜色玫瑰花
抒发多种情愫
经年未见的祖国
梦中回归你温暖胸怀

你好！中国龙
上天入地的古老图腾
造就自强不息中国红
五十六民族荣辱与共
灿烂辉煌华夏文明
世世代代永传颂

歌声像鲜花般开放

千载的风霜
成就沙棘林壮观
万年的凝结
酿造雪山水甘甜
好风来自四季
心灵飞向八方
身体加入炼狱
眼睛升上天堂

仙人丢失宝镜
泉水洗涤灵魂
沙漠中诞生绿洲
荒野里孕育生命
冰清玉洁的雪莲花朵
隐遁天山顶峰
明亮神奇的高原湖泊
照现前世今生

水面长出森林
草原溢成海洋
彩色树叶充满宁静
黯淡心情豁然开朗
到天边牧场
放牧稚嫩的思想
让优美歌声
好似鲜花般开放

崛起的大中华

中山装威武庄严
为炎黄子孙开创新纪元
牛仔裤洒脱干练
东方古国把西洋风刮起
长筒裙展示雅致
超短裙透露性感
不长不短的浅蓝裙子
飘逸海江潮水青春气息
豹纹图案的米黄衬衣
焕发野生动物生命活力

坚韧冰冷细钢丝
吊起侠客飘逸身姿
滑翔机大鹏展翅
放飞游人无限遐思
极限运动体验极限思维
酸甜苦辣发酵成熟人生
白虾于晚霞中跳跃

鲳鱼在浪花里翻滚
倩影伴红帆船海面漂荡
尖叫随过山车高空升降

粉红玫瑰瓣瓣飘洒
沐浴温暖金汤①
细微毛孔层层打开
感受美妙盐泉
远征的疲劳
和水蒸气一起挥发
旅途的烦恼
与烟雾霰共同升华
浔阳月夜溢满盛唐之花香
夕阳箫鼓颂扬崛起的华夏

---

① 金汤：指温泉。

异域集

题 记

都说地球像个"村庄"
多姿多彩 风格各异 民居民房
"一带一路"倡导"五通"
人类命运共同体依赖"中国梦"
美丽的丝绸旗帜飘扬在"村庄"上空

新加坡组歌

（一）鱼尾狮创造奇迹

老巴刹①
是您家最爱
宝塔节节登高
店铺张灯结彩
百年老字号
重温童年味道
摩天高楼大厦
运行各国币与钞
空中花园宛如大舟
俯瞰整个海峡
凝聚所有种族
建设美好家国

---

① 巴刹为马来语，意为集市、菜市场。

海峡旁柔佛州

东方十字路口

曾有克拉码头①

货轮不再停泊

到处"座无虚席"

美食琳琅满目

享受高热度

的夜生活

金黄色鱼皮

香脆着味蕾

夜间动物园区

排名世界第一

奇特石头雕像②

吐出滚滚财源

迎来艘艘客船

20世纪的海风

送来无数勤劳华工

圣淘沙③少年

乘着激光的翅膀

穿越千年时空

---

① 此处的"克拉"是该码头的名称。
② 指新加坡的象征性雕塑"鱼尾狮"。
③ 圣淘沙：被誉为最迷人的度假型小岛，有各种娱乐设施、休闲活动区域，包括一个环球影城。

八角形菜市场

美味源于星球各方

古老的早餐

产生现代化能量

游子远涉重洋

关注远方家园

生态与健康

重温一个声音

少年强则国强

国际都市寸土寸金

保留公共湿地园林

五颜六色的生灵

红毛猩猩倒挂秋千

熊猫自在悠闲

"五不像"① 散步脆弱森林

马来狐蝠张开巨型翅膀

大楼延伸像高架桥

桥面生长青草

收集阳光雨露

将艺术紧紧拥抱

道路四通八达

---

① "五不像"指马来貘,又叫亚洲貘、印度貘。

校园不收门票
围成圆圈的塔楼
好似小笼包蒸笼
蒸出浓浓读书气氛
教学方式革新
手机成学习工具
学霸如雨后春笋

易经思想融入校训
自强不息力求上进
文理工商贯通
技术文化交融
飞行者脚踏摩天轮
展望美丽城郭
信息建构蓝图
教育描画未来
铸铁如树枝张开①
竭力向空中伸展
藤蔓自由生长
伴随霓虹灯开放

---

① 新加坡极富特色的铁树雕塑,顶部还设有餐厅。

（二）卓越技艺和锦绣文化

牛车水
有俺们故居
菱形的美食
酥香了圆润的嘴
滑腻的咖啡丝
提起精气神
千年文化积蓄
造就万里外声名
恐龙热情欢迎①
来到雨中侏罗纪
海龟悠然引领
探索蓝色海底

美味的肉骨茶
大火中熬炼
八朵美丽金花②
市场中成长
虾面散发五香
印度飞饼蛋炒饭

---

① 指动物园的恐龙雕塑。
② 指经营餐馆的八姐妹。

美味布满舌尖

无论辣椒黑胡椒

烹调海鲜就是珍宝

鸡蛋番茄酱勾芡

青蟹丰厚肥满

弹起鲜甜味道

姑娘比花朵姣好

蔬菜如少女鲜嫩

秘制酱料浓厚

宫保牛蛙取代鸡丁

白胡椒白米粥

香葱点缀其中

东南亚特色水果

装点夜色芽笼①

蝴蝶兰百日不谢

胡姬花卓越锦绣

"固本"② 彰显诚信

组屋保障人民生活

商场集聚乌节路

花园国家绝非虚名

---

① 芽笼是一个夜市的名称。
② 这是新加坡停车卡的名称

交通工具丰富
管治手段高明
车流极少拥堵
指示牌生动有趣
动物们和谐相处
勤奋努力加汗水
打造崭新中国品质
装备堪比法拉利
工程质量精益求精
故障率为零

世界最长泳池
可与瑶池相媲美
优秀品行传承不绝
创造钢铁奇迹
当代工匠来自
不同的国度
国货琳琅满目
承继传统技艺
浓烈的草药味
播撒中华远古智慧
厚朴医风医术
传扬华夏善良道德

榴　　莲

厚重果皮
长满尖硬的刺
绵软果肉
散发又香又臭的气味
营养丰富除湿活血

顶级榴莲叫金凤
寒性体质最佳补品
浅黄色苏丹王
底部好似葵花心
吃出奶油口感
搭配山竹强身健体

皇中王
生长于高山
名称就很惊人①

---

① 指皇中王这个名称。

价格高高在上
红虾与金枕
常见中国市场

猫山王色泽姜黄
如同打蜡一般①
高等级榴莲
五角星呈现②
生活最高意境
苦后应回甘

---

① 指肉质金黄而且能反光。
② 这种榴莲底部,呈现五角星形状的纹路。

雅加达交响曲

印尼国家博物馆
守卫者是泰国大象
纪念碑巍峨耸立
雅加达独立广场
精美中国瓷器
沉睡海底千百年
而今重见天日
让整个世界惊艳

尖塔装设喇叭
将诵经声播放
远达五公里之外
华丽壮观的清真寺
由基督教徒设计
穹顶宏大精美
变幻不同颜色

多元文化融汇
六种宗教并行不悖

海上高速公路
将所有海岛连接
21 世纪海上丝绸之路
发展新的国际友谊
春节与圣诞节
多个民族和平相处

漫步亚非大街
重温万隆会议
现代化带来活力
都市容貌日新月异
夜景总是迷人
车灯如同耀眼星星
把都市点缀

传统乐器昂格隆
堪比中国编钟
酒店大厅天花板
漆刷粉红色圆圈
好似中国节日
糕点表面盖的印章
万千海岛①一同奏响
欢迎来宾的乐曲

---

① 印尼,印度尼西亚的简称,约 17 508 座岛屿组成,故可称为"万岛之国"。

爪哇国的日出

爪哇国不再遥远
在许愿树前
即使蒙起双眼
也不偏离方向
原始淳朴田园
令人将简单生活向往

爪哇岛最高峰
霞光迸射橘红
壮观云海涌动
马蹄踩踏火山灰
硫黄散发刺鼻酸味
火山顶的鲜花
色彩非常浓烈
好似凡·高油画

熔浆毁灭一切生灵
火山灰养育一方人

桂皮磨成粉

能治糖尿病①

巧克力般的树籽

记录千年往事

冰冷的数字

没有人情味

不屑于精准电子秤

不在乎生意能否成

阳光般灿烂的笑脸

与顾客随意聊天

马都拉大桥

接通赛牛岛

五分钟飞跃海面

一道美丽的弧线

没办法不自豪

这是中国的国标②

技术标准和规范

---

① 美国农业部研究发现,桂皮粉能增强细胞对胰岛素的反应,可望为糖尿病患者带来佳音。研究报告指出,桂皮含有某种成分,能够加速糖分的分解达20倍。换言之,对于缺乏胰岛素的糖尿病患者,进食含桂皮粉的食物,应该有助于减轻病情。

② 马都拉大桥采用中国标准,由中国企业建造,故说"没办法不自豪"。

无需美欧日韩

年幼的小姑娘
问长城到底有多长
印尼国宝巴迪克①
伴舞经典中文歌
古老村庄打开一扇窗
汉语是通往中国的证件

---

① 巴迪克是印尼的蜡染花布,被称为印尼国服。

马六甲掠影

马六甲河
穿城而过
将大小船只接驳
演唱千年老歌
河水依旧流淌
记录海峡昔日辉煌
世界最长海峡
连通印度太平洋

鸡场古董街
汇聚无数货物
集散各色人流①
天气闷热国度
西瓜整个喝
煎蕊又叫晶露
仙草粉条香兰叶

---

① 指人的流动。

再加椰糖红豆

北欧风情荷兰屋
泛出深红颜色
把无数故事诉说
甜品屋历史悠久
堪比大榕树
成群古老建筑
老城生活方式
皆为宝贵财富

鸡饭粒抱成团
好似乒乓球一般
鸡香浓郁口感软糯
观光塔不停旋转
旋出变幻无穷的城乡风光
转走川流不息的时间
旋出人世间的离合悲欢
转走地球村的往事连篇

花香酒香百果香

这是无比简陋的住房①
没有钢筋水泥石砖
只有树干和树皮
芭蕉般肥厚的棕榈叶
绿色休闲农庄
打造农副业核心区
堪称国宝榴莲树
树龄超过百年
山坡生长不积水
槟城　最值得一游的岛屿

这是怎样神奇的土地
没有春夏秋冬
只有旱季雨季榴莲季
红虾坤宝与蜈蚣
都是榴莲品种

---

① 指马来西亚传统民房——亚答屋。

香味浓郁果肉橙红
　　焦糖洋葱巧克力
　　　美味稍纵即逝
　　　氨基酸沁人心脾
难怪说　一只榴莲三只鸡

　　这是多么迷人的地方
　　　没有垃圾成山
　　盛产豆蔻山竹百香果
　　花香酒香百果香
　　　广福宫观音殿
　　庇佑男女信徒教友
　　路不拾遗夜不闭户
　　首尾供奉家族祠堂
　　　昔日海上村落
姓氏桥　今天已成旅游景点

　　这是如何诱人的食物
　　　没有牛羊海鲜
　　只需烤猪皮蒜头醋
　　　炭火之上熬过夜
　　黄面汤头散发浓香
　　老字号茶室口味统一
　　　配料精准无差偏
　　　难忘闽南小吃

分享美食故事
老味道　唤醒无数老时光

这是极其朴素的艺术
没有色彩艳丽
只有寥寥数笔
城市涂鸦文化衫
现代时尚注入新活力
繁华自由港
各种群分享城市空间
和谐之街融合多民族
建筑物形态丰富
林苍佑[①]槟城快速发展之父

---

① 林苍佑：建设槟城的华人先驱者。

伊斯兰堡

西南边陲的巴基斯坦
中国最友好邻邦
还有俗称叫"巴铁"①
那里的人们淳朴善良
"全天候友谊"哎
世间无人能比

伊斯兰堡新首都
风光旖旎依山傍水
没有悠久历史文化古迹
亦无摩天大厦双子塔楼
规划整齐街道宽阔
全城掩映绿树成荫

世界闻名花园城市

---

① 中巴两国关系非常友好,中国人将巴基斯坦人称为"铁哥们",故有"巴铁"之称。

小山公园是主要标志
巨型莲花含苞待放
广场树立国家纪念碑
中巴经济走廊
展开合作全方位

乌尔都语喜欢说
中巴友谊万岁
历代总理种下友谊树
树叶长青树干挺直
繁荣稳定造福人民
命运共同体内涵充实

蟒蛇打招呼吐长信
长期驯养失野性
享受音乐品味宇宙真谛
悠然笛声安静倾听
千里之外跨国传信息
环境友好生活舒心

宏伟壮观费萨尔清真寺
伊斯兰教之圣地
整体设计别致
世界独树一帜
屋顶好似沙漠帐篷

军事要塞

啊,雄伟的罗赫达斯要塞
地势险要居高临下
一夫当关万夫莫开

你是最著名的军事建筑
沟壑险峻河流宽阔
被写入《世界遗产名录》

你耸立在两大平原之间
威武厚重令人望而生畏
四公里长呈环状城墙

你是天然防御屏障
棱堡视野开阔一览无余
砂岩毛石①固若金汤

---

① 砂岩毛石,是该要塞的主要建筑材料。

你的威慑力举世无双
四座城门结构功能各不同
只能智取无法强攻

你是精美的建筑艺术
珠宝门镶嵌蓝色瓷砖
象征生活繁荣富庶

你的文字像优美图形
描写王者智慧英明
歌颂社会正义公平

古 老 村 庄

古老朴素的村庄啊
山上鸟叫山下虫鸣
奏响厚重的历史感

你有两百多年的作坊
泥土做的火车仿真
作为传家宝收藏

你的周围植被茂密
生态良好空气清新
生活休闲舒适

你那房屋古香古色
集市宫殿清真寺①
民居错落有致

---

① 指村庄里既有集市、宫殿,还有清真寺。

你有传统风味"嗒咯嗒"
生姜去除鸡肉膻味
辣椒酸奶拌葱花

你的夜晚更加美妙
灯光闪烁半山腰
别有一番情调

"三轮车之都"①

哦，达卡
恒河奔流到达
改名帕德玛②
佛教圣洁法宝
寓意美好是莲花
喜鹊当国鸟
冲积平原渡口许多
摆渡历史时光无数

百万三轮车之都
装饰漂亮如艺术
图案颜色鲜艳
模型就是珍贵礼物

---

① 孟加拉国的首都达卡，拥有100多万辆三轮车，故称为"三轮车之都"。
② 由孟加拉语音译，意思为莲花，而莲花是佛教的圣洁之物。

绿包车①更环保
天然气储量丰富
车身漆写警察电话
价钱合适机动灵活

孟加拉首都
世界最拥挤之城
道路狭窄车多人多
充满南亚风情
举国之力打造
辉煌梦想工程②
盼望经济实力提升
增强国家自信

社会发展快节奏
人民享受慢生活
蔬菜像花儿般美丽
数量品种繁多
干净整洁井然有序
桂叶把香米饭蒸熟
热情多姿的土地
经历多少煎熬苦楚

---

① 使用天然气的三轮车，因其整个外观是绿色的，而且有密闭车厢如面包车，故笔者称之为绿包车。

② 指帕德玛河上的大桥，由中资企业建造。

坚定目标执着期待
不懈努力精彩未来
达卡最早兴办
汉语教学孔子学院
将心比心以心换心
中华文化多魅力
国际影响与日增
定将赢取无数赞许

开满鲜花的国度

美丽的孟加拉哟
鲜花盛开的神秘国度
水路纵横河网密布
文化多姿历史悠久
你是海江湖泽之乡
暖湿气候肥沃土壤
满世界色彩斑斓
空气中弥漫沁心脾的花香

谢赫·穆吉布·拉赫曼
倡议民族独立宣言
"金色纤维"黄麻
建设金色新国家
细嫩鲜美"国鱼"称呼①
鲥鱼好看好吃但稀有
装饰动植物图案

---

① 鲥鱼被称为孟加拉国鱼。

大船瘦长好似龙舟

　　"第二达卡"希望在南岸①
　　　新丝绸之路重要节点
　　　率先实现"五通"
　　　孟中印缅共建经济走廊
　　"一带一路"快速推进
　　　贸易投资往来日益频繁
　　　中国家具古色古香
　　　合作拉动经济增长

　　　池塘边的学堂
　　　良好环境纯真笑脸
　　　孤儿院温暖健康
　　　孩子们简单快乐成长
　　　夕阳西下暑热消退
　　　友谊像花一样绽放
　　　临行赠送中国玫瑰
　　　愿生活像花一样美

　　　天边彩云映衬
　　　椰树高耸恍如浪漫海滩
　　　施工船舶摇夜影

---

①　指帕德玛河南岸地区,准备兴建首都达卡那样的新城区。

河岸灯光星星点点
夜幕降临小区安宁
帕德玛恢复平静
翠竹小院清幽雅致
火锅沸腾思乡情

彩色礼拜①

星期日　阳光好日子
满天彩霞红艳艳
好似山丹丹
阇耶跋摩七世
雕像虽无双臂
但体格非常健壮
吴哥著名国王
兴建多座庙宇
艺术风格高棉式
柬埔寨国家博物馆②

星期一　月亮庆贺生日
灿烂橙色属于你
金黄色蚕丝

---

① 依照柬埔寨风俗，礼拜一由橙色月亮主宰，礼拜二由紫色火星主宰，礼拜三由绿色水星主宰，礼拜四由灰色木星主宰，礼拜五由蓝色金星主宰，礼拜六由黑色土星主宰。
② 该国家博物馆采用高棉式的建筑风格。

像拉成细条的糖稀
如少女肌肤般光洁
将柔软绸缎编织
小岛与世隔绝
传承精湛工艺
睁开眼睛看世界
渡口忙碌而有序

星期二　火星之诞辰
紫薇仙子风度迷人
鸟头人身神兽
伽鲁达是保护神
火焰莲花权杖法螺
把王权牢牢守护
雕像饱满外形恐怖
线条流畅性格温和
施信众以恩惠
化身拯救危难世界

星期三　水星在值班
植被茂盛绿树成荫
湄公河蜿蜒盘旋
两岸郁郁葱葱
经过长途奔波
流水平缓河面宽阔

天气变化多端
适合花卉生长
一会儿晴一会儿雨
激发浓郁花香

星期四　木星总指挥
心仪颜色是银灰
元代《真腊风土记》
传扬中柬友谊
小商品来自义乌
市场外观如蓓蕾①
圆顶放射四周
无须任何立柱
青春少女妙手
痴迷花朵再造艺术

星期五　太白金星做主
蓝色天空任翱翔
高棉最有力度的建筑②
热带风情古色古香
高高翘起的飞檐
统治五十四省强大帝国

---

① 市场形状像含苞待放的花蕾。
② 指前文所提的柬埔寨国家博物馆。

棕红色墙体非常醒目
材料来自陶土
窗户多个通风口
空气自然对流

星期六　土星当主宰
黑色是你最爱
能源建设带来光明
中国投资方兴未艾
铁塔①视野宽阔如海
乘凉不忘种树人
男士袒胸露背
女子长筒布裙
莲花四处开放
美好圣洁宽容善良

---

① 为输送电力而建的高塔。

星辉映照山光水色

连绵起伏的豆蔻山脉
如同碧绿的翡翠玉带
在风光秀丽的中南半岛
有一个古老王国柬埔寨
这里原始森林繁茂
红色泥土路直达密林深处
常春藤一般的胡椒
生长缓慢雌雄同株
常年雨量充沛土壤肥沃
旅游水利资源丰富
保持传统方式生活
享受当代科技成果

晚霞炫耀辉煌绚烂
海面好似紫罗兰
在风景如画的泰国湾
海岸画出漂亮迷人曲线
海底世界色彩斑斓

柔软小鱼穿行坚硬珊瑚间
刺猬般长满黑刺的海胆
小眼睛似萤火虫闪闪发光
玻璃般闪亮的彩色精灵
砗磲与虫黄藻一同生长
各种水草招摇着丰盛
海水清澈适宜浮潜

沙滩辉映出无数星光
七星海①矗立五星酒店
在万里之外的新生国度
中国光纤铺就信息高速公路
红树林数百里恣意绵延
护卫着河流偎着海洋
消浪先锋海岸卫士
吸引无数石头蟹
四季常温宜人理想海滨
憧憬未来不可估量
低效农业朝现代服务业转变
向往天鹅般美好爱情

---

① 柬埔寨戈公省的七处海滩,由中国企业开发和命名。

印度洋的美丽珍珠

印度洋上有颗美丽珍珠
她的名称叫斯里兰卡
对香料的狂热追求
开启波澜壮阔航海大时代
数百年前的狮子王宝座
闪闪金光仍未消退

山峦河谷所有土地
蕴藏无数瑰丽宝石
不畏艰辛淘尽泥沙
沿袭古老采掘方式
璀璨夺目皇家蓝火彩
绝不涸泽而渔

清晨春意盎然
夜景灯火灿烂
微笑是每个人
递出的首张名片

心地简单热情
生活节奏自在缓慢

姜黄粉为主料
葱姜蒜一样不能少
咖喱叶杏子干
洋葱肉桂加辣椒
咖喱酱料手抓饭
鸡蛋椰子饼大如碗

加勒菲斯绿地
港湾变成热闹夜市
原是殖民者炮所
今为海滩休闲之处
海风凉爽星月光辉
品尝绝妙新鲜海味

狮子岩下野生大象

米内瑞亚，国家森林公园
　灌木丛中隐藏大草原
　　青草脆嫩而茂盛
　　浅褐色野生大象
　　体态威武步履沉稳
　　令人心生畏惧尊敬

　　悠然自得轻松惬意
　　轰起草虫无数
　　小小鹭鸟洁白美丽
　　陪伴锡兰象左右
　　享用新鲜可口野味
　　感受大自然生命之美

狮子岩，古王国空中宫殿
　鲜血染成深红色墙垣
　　狮子王朝已成往事
　　壁画颜色仍旧鲜艳

狮爪平台狮首已失
花岗岩象征刚强果敢

非宗教题材唯一壁画
王妃画像天然匀称
眼光灵动手持鲜花
表情柔和体态丰盈
油画颜料加麻油鸡蛋
创造古代艺术珍品

阿布萨拉，美丽的天女
护卫孝道善良正义
晚霞把辉煌肆意挥霍
森林绚烂美景尽收眼底
百年繁华落日余晖
千年历史耐人寻味

卫星联通梦想

美丽的西双版纳
境外有个美丽的小国家
东南亚唯一内陆国
她的名字叫老挝

日照充足水源多
农林牧为经济支柱
水稻玉米和橡胶
还有各种珍稀矿土

中老自古商贸频繁
驯象香料金银土特产
交换瓷器美丽丝绸
至今饮水同一江

"一带一路"优先项目
拉开未来崭新序幕

寮都公学①中国教材
华夏文化丰富生活

中国帮助发射卫星
和世界各国联通
现代化建设不是梦
国家未来美好憧憬

---

① 这是华语学校的名称。

风情万种立体贺卡[①]

湄公河畔法国街
经受百年风霜雨雪
风情万种古建筑
浓缩古老民族风格

夜市温馨热闹
生活品质提高
老挝苗族手工绣品
红与黑为主色调

法棍如汉堡一般
青菜肉排加洋葱
配上酸辣椰奶汤
人生滋味在其中

褐色椰壳大如碗

---

① 将贺卡做成立体的,多姿多彩,故称"风情万种"。

白色椰肉当画板
黑色大象栩栩如生
居然银漆着盛装

龙船帆船凯旋门
尖顶塔銮摩天轮
立体贺卡万种风情
描绘未来美好憧憬

艺术古都伊斯法罕

伊斯法罕意为世界典范
水中倒映蓝色砖瓦
古罗马一般繁华
传统手工雕版印染
胭脂虫蓝定花红与蓝
石榴皮葡萄叶褐与黄

高寒地区羊毛细长柔软
编织光滑细腻地毯
天然颜料永不褪色
使用寿命长达百年
城市作坊编织中心①
游牧民族喜爱几何图案
经久耐用历久弥新
保值作用比黄金②

---

① 城市作坊是编织地毯的中心机构。
② 指地毯价值高。

城市中心伊玛目
世界广场第二大
喷泉水池绿化带
四周合围两层楼
中东最大巴扎①
阅兵伴随马球比赛
凝望清真寺双层拱顶
明亮魅人大眼睛

河流两岸景致美
灯火照耀三十三孔桥
拱顶结构利散热
散步约会探险玩耍
水中倒影更迷离
野餐品茶凉爽热闹

---

① 巴扎：即（菜）市场。

边境油田

凉爽清晨伴随清脆鸟鸣
踏上小路开始新一天征程
欣赏道路两旁无边美景

厚厚云层试图将日出阻止
朝霞奋力穿透云层缝隙
照亮天空下整片迷人湿地

茂盛水草摇曳在清澈碧水间
一簇簇芦苇宛如一道道绿墙
勃勃生机伴随芦花飘扬

湿热工地留下深刻记忆
凝结两国专家智慧工人汗水
管理严格应对措施及时

昔日战场布满各种险情
踩着水牛脚印前行

高效开发追求苛刻环保标准

沙漠戈壁变身绿洲湿地
不时飞起鹰隼鹭鸟野鸡
油田夜晚无比静谧

黄沙淹没都城

不可思议的大流士
你是神勇的"王中之王"
领土横跨亚欧非
镌刻伟绩石头万古流芳
推行宽容宗教政策
辉煌持续百年

无法言表之设拉子
你是名副其实蔷薇之城
"第一首都"多浩劫
心灵之神守护古兰经门
万国来朝鹰翅牛身
地下挖井为防震

光华绝伦的清真寺
你的马赛克布满粉红
阳光透射彩色玻璃
奇光异彩可防虫

赋予祷告人灵性如光电
五彩斑斓似万花筒

独一无二石榴王国
你的大烤馕薄脆香酥
孰言穆斯林好斗
怎知人民热情淳朴
客人是由上天派来的①
黄沙把无数历史吞没

---

① 这是伊斯兰人民的看法和习俗。

新迪拜之最

(一) 世界第一高楼

迪拜塔高称第一
哈利法克服金融危机
感恩阿布扎比

底部如六角花盛开
螺旋上升穿云彩
俯视黄色沙漠蓝色大海

四方称颂酋长魄力
历代国王独具慧眼
快速崛起神话般奇迹

（二）最大露天水族馆

谢赫扎伊德发名言①
集合世界最高等级银行
城市神话人心震撼

亚特兰蒂斯酒店
蔚蓝海洋升腾火球
是柏拉图理想国

阿拉伯传统风格
如梦如幻深海主题
松鼠鳐飞翔海底

（三）最大人工岛

曾经破旧船屋区
堪比美国迈阿密②
美观大方外形简洁

性格包容开放

---

① 该名言大意为：金钱若不用之于民，就毫无意义。
② 人工岛建设美丽，故与迈阿密相比。

政策良好便利优惠
生活踏实简单

人工岛屿名棕榈
帆船酒店一览无余
品质高达七星级

（四）最大金戒

石油美元打基础
多元发展产业结构
转口贸易旅游购物

黄金街璀璨夺目
款式新颖品种全
黄金戒指大如王冠

高贵奢华精巧设计
美丽追求到极致
不可思议世界货币

（五）最大商城

沙漠无处休闲
只好游逛商场

迪拜开放国际性

360度圆形商城
展示独特魅力
成就最大购物中心

每家商店配导购
接待购买力惊人
来自远方的中国游客

（六）最高最长音乐喷泉

世界最大音乐喷泉
形态千变万化
伴随各国经典音乐

交融民族文化
中东最亮焦点
灯影舞蹈十里外

迪拜美丽夜色中
散发耀眼光芒
哈利法塔照亮夜空

众鸟之王

一望无际大漠之上
贝多因人艰难生存
高空飞翔的鹰隼
你是重要生活伙伴
捕猎本领极高强

高贵富有身份象征
威望地位无比神圣
眼睛敏锐的猎鹰
羽毛光滑如丝绸
形象代表阿联酋

世间唯一动物
享受人类同等待遇①
猎隼爪子锋利
下滑速度超音波

---

① 乘坐飞机时,给予猎隼单独座位。

以喙杀死鹄与兔

赛道 F1 呈英姿
弯曲笔直 120 公里
脑袋贴紧头盔
八分钟风驰电掣
非同寻常的感觉

石油带来富足
却不停止前进脚步
居安思危谋将来
推行国家创新战略
大力开发现代旅游

中国文化令人惊叹
微信应用快捷方便
延续两国友谊
互相交流学习
扩大市场合作空间

阳光灼热的地方

炎燥干旱的阿非利加
你是阳光灼热的地方
　沙漠浩瀚全球最大

贫穷美丽的非洲大陆哟
　森林广袤草原辽阔
　临近赤道光照充足

　内罗毕似清凉之水
　　四季如春好舒适
　号称东非"小巴黎"

　现代开放的绿城啊
　　美丽好像大花园
　　鲜花藤蔓树成荫

　联合国环境规划署
你在万国旗大道尽头

第三世界唯一总部

清脆欢快的鸟鸣声呀
歌唱节能环保典范
储蓄雨水沐浴自然风

马赛马拉大草原

早早起床
赶在太阳出来之前
热气球缓缓上升
成为草原上一道亮丽风景
从空中俯瞰
捕捉任何跳动的身影

空气清新的黎明
无数生灵从睡梦中苏醒
晨曦中的草原
美得令人无法置信
鸟窝和满树繁花一同绽放
角马与斑马羚羊相处和平

大象缓缓搬迁
寻找水草丰富的天堂
狮子整日懒洋洋
偶尔瞥旅游车一眼

鬣狗和猎豹竞赛
河马泡澡泥浴悠闲自在

大草原是动物天堂
东非大迁徙无比壮观
马拉河是"天堂之渡"
岸边布满动物尸骨
鳄鱼蛰伏堪称恐怖杀手
马拉桥见证强食弱肉

天大地大的原野
野牛最危险
火山灰滋养的肥沃土地
丰沛雨水从天而降
青草冒出一夜间
奇妙生物链使草原生生不息

东非黑木雕

坦桑尼亚马孔德人
把精美木雕发明
代替语言文字
传承记载文化历史
表现手法抽象写意
宗教意味浓郁

肯尼亚坎巴族人
心灵手巧雕刻功底深
人物动物极富生命力
动作表情刻画传神
整体风格简洁粗犷
大众化实用化为主线

东非黑黄檀天下闻名
纹理细腻质地坚硬
光泽质感堪比玉石
楝树替代因数量珍稀

还有芒果木玫瑰木
扎伊尔红木与杂木

黑色的斯瓦希里文化
兼收并蓄丰富多彩
宗教跟随穆斯林
建筑融合阿拉伯风情
生活苦难无抱怨
未来乐观充满希望

拉穆群岛写意画

世界地图左下方,蔚蓝色海洋之滨
千百年,休养生息着黑色种群
白色建筑掩映在翠绿色丛林
好似蓝色天空点缀片片白云
白天艳阳高照热气逼人
夜晚凉爽舒适,伴随印度洋的海风阵阵

拉穆小镇,毛驴发源地
四腿没马儿长,加快走动频率
性情温顺吃苦耐劳
眼睛圆睁双耳竖起
男孩个个自小善骑
争夺毛驴冠军,上百头同台竞技

小巷狭长,房子也狭长
珊瑚石造民居,抗腐蚀力极强
经过无数风吹日晒更稳固
红树林木材搭建房梁

    石头平台在墙边设置
    那是社交场地，聊天交流信息

    中国瓷器碎片，清晰双喜字眼①
    纯银饰品，延展性良好质地柔软
    屋外湿热房内阴凉
    阿拉伯风格突出醒目
    壁龛是珍贵装饰元素
    房前屋后，目之所及皆为鲜花绿树

---

① 碎片上的"囍"字仍清晰可见。

乌 本 桥

美好爱情传说
纯真痴心大理公主
缅甸王子英武洒脱
乌本桥①号称"情人桥"
珍贵柚木，百年不朽

俊俏姑娘心淳朴
描绘家乡最美景物
铅笔水彩创新多
僧侣背影意境广
精妙画作，走向远方

秀丽湖光山色
捕鱼人收拾酸角枝②
笑容友好羞涩

---

① 位于缅甸古都曼德勒市郊，横跨东塔曼湖，乃世界上最长的柚木桥，长达1 200米。
② 捕鱼人把酸角枝扔进湖水中，用来吸引鱼群。

水面荡漾苍穹彩霞
拉起渔网，无数获得①

美景因传说闻世界
传说故事心中镌刻
乌木桥剪影般的日落
在火红晚霞中定格
震撼心灵，深刻感受

---

① 即收获。

万塔之城蒲甘

热气球似水母漫天飘浮
观赏东南亚最美的日出
四面八方景色一览无余
大小佛塔星罗棋布
太阳红艳艳极具穿透力
金色光芒铺满大地
好一个
童话般迷人的世界

阳光唤醒千年古城
每一座佛塔交相辉映
一座更比一座高大
砖石四方穹顶如钟形
瑞喜宫舍利子最多
达宾纽塔通体白色
好一个
形态各异的佛教世界

观赏日落绝佳位置
瑞山陀塔游人如织
树冠如波浪般涌向远方
太阳余晖柔和温暖
佛塔层层叠叠隐隐约约
万事万物笼罩于橙红色
好一个
层次丰富的色彩世界

唯一一座八边形佛塔
记载动人往事传说
锡兰送来佛牙
中国赠送玉佛
外形斑驳诉说历史
薄雾掩饰厚重静谧
好一个
安详神秘的幸福世界

文化矿藏

万座佛塔,宝贵文化遗产
　见证王朝无比辉煌
　饱经千年历史沧桑

竹木民居,适应湿热天气
　餐厅营造温馨氛围
　异乡感受沉静安慰

特纳卡①,大自然珍奇馈赠
　防晒消炎驱蚊有芳香
　精心制作黄香楝展馆

孤儿院,收留许多小沙弥
　饭前诵经仪式必不可少
　菩萨赞美老师无偿支教

---

① 缅甸特有护肤品,原材料就是黄香楝树的枝干。

莱比塘，亚洲最大铜矿①
实皆②大型投资项目
萃取铜液极高纯度

丁瓦竹，节长干直光滑
天然漆料混合黏性大
制作工艺精细复杂

新一代③，推陈出新像彩云④
蛋壳漆器富含艺术性
传承手工改善生活光景

木瓜肥大，酸奶拌成色拉
波山大米堪比珍珠
新经济中心在良乌

---

① 指采用湿法冶金工艺采铜的最大矿山。
② 缅甸中部省份。
③ 指当代手工业者。
④ 许多漆器描绘有云朵图案。

民间大使形象好

桑给巴尔如宝石璀璨
镶嵌于印度洋蓝色水面
潮湿的沙子好似芝麻糊
光脚漫步非常舒服
人道情怀与国际主义
正如沙滩柔软细腻
巨大海螺象征巨大商机

中资企业曾受歧视
投标资格被剥夺
价廉物美感动业主
建筑设计逻辑严密
酒店设施经年完好如初
敬业拼搏闻名世界
占领市场打造中坚实力

宿舍窄小行李多
电视之外无娱乐

整洁亮堂心中有追求
更有年轻女教授
辞去优越工作
异国他乡免费教中文
希望帮助更多人

德才兼备中国医生
极受尊重的白衣天使
如同战场之斗士
手机24小时待命
随时救人是硬道理
53年不间断阐释
救死扶伤大爱精神

乞力马扎罗雪山

美丽的凤仙花
外形如同象牙
又如彩凤仙鹤
姿态优美颜色妩媚
多种药用价值
传播凄美故事

菠萝硕大无涩味
不需浸泡盐水
颜色半黄半绿
果肉多汁鲜美
饭蕉①用途胜似粮食
香蕉酿造啤酒奇特

东非黑白疣猴

---

① 饭蕉,又称"非洲红薯",长得很像香蕉,但是比香蕉大又粗,有些饭蕉有一米多长。

头顶纱帽络腮胡
一身浓密长毛似斗篷
尾巴硕大如松鼠
丛林间轻盈跳跃
潇洒飘逸好比侠者

半山腰小木屋
接待四方勇敢游客
登顶人数四成左右①
脸上写满幸福
未竟者遗憾与不舍
体验在大雨瓢泼中结束

中坦两国深化合作
修建非洲海拔最高公路
专门设立宽阔观景台
俯瞰地球最大断裂带
东非大峡谷闻名全球
贸易投资建设美好未来

---

① 住在半山腰的游客,最终成功登顶的只有40%。